Réjane del Fabbro

ARMAND

Réjane del Fabbro

ARMAND

BMR

Couverture : Studio BMR
Visuels : © Shutterstock

Hachette Livre, 58 rue Jean Bleuzen, 92170 Vanves.

Grasse, février 1990

— Tiens, c'est un œuf ! Saviez-vous que le crocodile, la fourmi, le serpent, la grenouille ou l'escargot pondent aussi des œufs ?

Il tenait entre ses doigts ce petit livre dont les pages transparentes venaient expliquer de façon très ludique ce qu'était un œuf. Allongée dans mon lit d'enfant, je regardais ses mains fines et soignées.

— Tu ne regardes pas les images ? Regarde, c'est un œuf et il y a un poussin à l'intérieur.

Les images, je les connaissais, je les avais vues et revues. J'en connaissais par cœur les explications, mais dès lors qu'il s'adressait à moi, je faisais semblant de les découvrir pour la première fois.

— Papa, tu as déjà vu un œuf d'autruche ?

— J'en ai même déjà mangé ! Il est tard mon enfant, il faut que tu dormes, demain tu vas à l'école, je te lirai la suite bientôt.

Il me caressait les cheveux pour que je m'endorme.

— Quand ?

— La semaine prochaine sûrement...

— Tu reviendras ? Promets-le-moi !

— Je te le promets.

Paris, septembre 2014

Il était encore tôt ce matin-là, mais déjà la lumière venait inonder le petit salon de l'appartement rue de Vaugirard. Au cinquième étage, tout en haut des escaliers en colimaçon, le clic-clac déplié témoignait d'une vie débridée. Le visage encore enfoncé dans l'oreiller, je pris mon téléphone. 7 h 55, bien trop tôt pour un samedi matin qui n'a rien prévu pour vous. Le fond d'écran bleu Windows affichait le résultat d'une nuit limpide : ni messages, ni attentats, le mois de septembre était définitivement doux comme une fin d'été. Je n'avais pas envie de me lever de suite. Je laissai le sommeil me posséder, sans lutte. Je connaissais trop bien les nuits agitées pour ne pas profiter de ces instants de paix où le corps, presque mort, s'abandonne.

Cet appartement parisien était tout ce qu'il y avait de plus sommaire. Guère plus confortable qu'une chambre de bonne mais plus aménagé qu'une garçonnière, sa situation sous les toits lui conférait un microclimat qui me réservait des hivers particulièrement froids et des étés caniculaires. Le salon, doté de deux petites fenêtres, l'une sur cour, l'autre sur rue, laissait apparaître une cuisine minuscule composée d'un évier, d'une machine à laver près de laquelle s'était niché un minuscule frigo. Ce dernier, dans une pyramide à la Tetris, supportait un four et un égouttoir dont l'eau de vaisselle, lorsqu'elle était faite, dégoulinait sur ses parois, risquant à tout moment de provoquer un accident domestique.

Sur le sol en vinyle imitation parquet se trouvait une multitude de meubles tous plus laids les uns que les autres. Il faut le dire, aucun n'avait été choisi pour ses qualités esthétiques mais occupait seulement la fonction imprécise de « servir à quelque chose ». Il y avait là un buffet en acajou sombre sur lequel étaient entreposés des livres – d'art, de poche, de peinture, mais également deux papillons sous cadre, un coquillage nacré, une plante entourée de ses feuilles séchées. Ici, un canapé, une table basse, une télé. Devant la fenêtre, dont le rideau blanc n'avait jamais été lavé, les fils de la box Internet se frayaient un chemin entre la lampe halogène et le panier du chien. Un panier multicolore dans lequel Fangio ne dormait que très rarement, préférant bien entendu les couvertures et le moelleux du canapé.

Au mur, un tableau que j'avais peint moi-même, dans un élan suscité par mes souvenirs de plasticienne. Une toile dans un dégradé de bleus représentant une tempête, que je n'avais pas pris la peine de signer. J'avais décidé de l'accrocher, non pas par nombrilisme, mais plutôt pour décorer, égayer, mettre de la couleur.

Une porte en bois venait séparer cette pièce de vie du reste de l'appartement. Constamment ouverte, elle donnait sur une petite chambre mansardée et sa salle de bain. Un lit deux places y était disposé mais je n'y dormais jamais. Je préférais le salon, pièce centrale, plus animée et vivante à mon goût que ce lieu sacralisé qu'est la chambre.

J'y avais à la place organisé mon dressing. Le matelas sans draps était ainsi devenu un placard à ciel ouvert composé d'un monticule de vêtements. Le bureau sur lequel était disposés rouges à lèvres, fards à paupières et parfums servait de coiffeuse puisque la salle de bain, moisissant un peu plus chaque jour, n'était pourvue d'aucune ouverture et que son seul miroir était fendu.

Rien n'était joli, harmonieux, décoré. C'était un joyeux bordel, une comédie musicale, où seuls les robes, sacs et chaussures tenaient les rôles principaux.

Souvent, un bouquet de tulipes jeté dans un énorme bocal en verre venait orner ce salon atypique. Je tenais ce réflexe de ma mère qui n'avait jamais attendu qu'on lui offre des fleurs. Elle faisait le marché et revenait avec un bouquet de glaïeuls, de roses ou de lilas et soudain grâce à cet achat, l'appartement de mon enfance débordait d'une joie nouvelle. J'avais précieusement conservé ces souvenirs et appliquais à la lettre ses conseils qui rendaient la vie plus douce.

J'aimais cet appartement. C'était grâce à lui que j'avais pu écrire ma première adresse parisienne : « Réjane Del Fabbro, 317 rue de Vaugirard, 75015 Paris ». C'était incroyable. Longtemps, j'avais eu du mal à réaliser que j'habitais cette ville qui m'avait toujours fait rêver. Ce petit deux pièces de fortune, aussi modeste fût-il, me donnait la chance de devenir, moi aussi, parisienne. C'était mon refuge. Il me ressemblait dans toute son ambivalence. Je n'y laissais entrer quasiment personne, à l'exception d'Aurore, mon amie, ma sœur, mon double, qui y avait élu domicile quelques mois et qui à présent vivait par intermittence dans ce cocon du 317, avec Fangio, un jeune chien de trois ans et sa maîtresse. Elle seule était capable d'accepter et de comprendre qui j'étais.

Je vivais dans cet appartement depuis plus de trois ans. J'avais traversé des relations, vécu avec quelqu'un, et désormais y partageais le temps avec ce drôle de trio que nous formions, Aurore, Fangio et moi. J'avais été si heureuse de passer la première nuit sur le matelas à même le sol, de me réveiller un matin d'été grâce à la lumière sans-gêne venue caresser mon épaule, d'ouvrir la fenêtre sur la rue de Vaugirard, pourtant si bruyante, et de me laisser absorber par le bruit de la ville. Ce mouvement incessant, ces gens de passage, pressés, qui me rappelaient que peu importe ce qui pouvait bien m'arriver, le monde continuerait bien de tourner. Puis, il y avait l'Eglise Saint-Lambert sur le trottoir d'en face dont le son des cloches, éclatant les jours de mariage, tonitruant les dimanches de messe, me faisait à chaque fois faire un voyage dans le passé.

Je les connais ces cloches, ce sont celles-là même qui carillonnaient dans le bleu clair d'un ciel d'été au sommet de la cathédrale de Grasse. Je me souviens d'elles, lors des baptêmes, communions, funérailles. Elles ont rythmé mon enfance lorsque ma mère, organiste, prenait les rênes majestueuses des grands orgues. Je les adore. Je ne connais pas de son plus grave que celui qui sonne le glas. Dans les étés brûlants de de Provence, on entendait parfois ce son lourd qui émanait de la grande église et venait se répandre dans les moindres ruelles de la vieille ville. Ce retentissement se découpait dans la chaleur aride d'un mois d'août dont je comptais chaque jour qui me séparait de la rentrée. Et comment décrire avec plus d'exactitude la joie qui se dégage des cloches d'un mariage ou d'un jour de Pâques ? Ces mélodies ont bercé mon enfance, elles sont le bruit du temps, les battements de mon cœur. Je les aime plus que tout au monde.

C'est dans un demi-sommeil que j'entendais désormais celles du quinzième arrondissement résonner dans un ciel moins bleu et un air moins doux. Déjà, l'horloge du salon affichait onze heures.

Grasse, novembre 1991

— Apporte-moi une petite assiette, s'il te plaît ! Non, pas celle-ci, elle est trop grande.

— J'ai une soucoupe mais elle est en porcelaine, faites attention… Qu'est-ce que tu vas lui montrer encore !

— Je vais lui apprendre la patience…

— C'est quoi papa la patience ?

— Coton ?

— Coton.

— Eau tiède ?

— Eau tiède.

— Lentilles ?

— Lentilles.

— Regarde, il suffit de peu de choses. J'ai mis un peu de coton mouillé dans la soucoupe. Et toi, tu vas y déposer dix lentilles. Tu vas les mettre les unes à côté des autres. Attention ! Elles ne doivent ni se toucher, ni être trop loin. Il ne faut pas en mettre trop non plus. C'est bon, tu as terminé ?

— Oui regarde, j'ai bien fait ?

— C'est parfait.

— Et alors qu'est-ce qu'il y a ?

— Aujourd'hui rien il n'y a rien mais lorsque je reviendrai elles se seront transformées. Elles auront poussé.

— Poussé jusqu'au ciel ?

— Si tu les surveilles bien, peut-être…

Paris, septembre 2014

Les sites de rencontres sont du pain béni pour les angoissées comme moi. Ils vous permettent en quelques secondes d'intéresser une foule de prétendants. Laids, mystérieux, timides, obsédés, cavaliers, séduisants, effrayants : ils n'ont souvent rien à vous apporter si ce n'est vous créer de l'actualité. Soudain, vous devenez terriblement intéressante, vous discutez avec des hommes que vous n'auriez jamais abordés dans la vraie vie – ce qui n'est pas toujours bon signe d'ailleurs.

Vous riez, vous êtes consternée, vous riez, vous êtes esseulée, vous riez, vous n'en pouvez plus. Mais vous recommencez, une heure, une nuit après. Être seul, c'est tenir compagnie à ses tréfonds les plus obscurs et personne n'a envie de ça. Toutes ces photos de profil disposées comme un petit théâtre de Guignol s'offrent à vous et vous n'avez plus qu'à composer l'histoire.

Si les sites de rencontres se multiplient, c'est selon moi parce qu'ils ont quelque chose de terriblement grisant. Tandis qu'auparavant il fallait passer par tout un tas d'étapes pour rencontrer quelqu'un, vous n'avez désormais plus qu'à vous connecter, taper sur votre clavier pour entamer une conversation avec un parfait inconnu, que vous soyez nue, en pyjama ou maquillée comme une voiture volée.

J'avais téléchargé une de ces applications sur mon téléphone, un peu comme tout le monde, par curiosité, par envie de plaire, pour vérifier que, moi aussi, j'étais toujours parmi les produits attrayants au supermarché des corps et des âmes.

J'avais choisi quelques photos sur lesquelles j'étais jolie sans trop en faire, souriante, cheveux lâchés sur les épaules. Je m'y présentais en quelques mots : « Réjane, 27 ans, Paris, journaliste juridique ». Une description digne d'une annonce immobilière. J'aurais tout aussi bien pu écrire : « 160 cm pour 58 kilos, brune, très peu servi », ça n'aurait pas été bien différent. C'est vrai, à quoi bon dire que j'aimais Monet, Gainsbourg et Nabokov ? On ne couche pas avec Nabokov.

Je souhaitais donc rencontrer un homme, habitant à moins de dix kilomètres, et validais les paramètres de cette recherche de mon pouce droit. Dès les premiers instants, je pus entrer en contact avec un inconnu. Puis deux, trois, cinq, quinze. Je croisais ainsi la route d'un beau surfeur, d'un successeur de Jacques Dutronc au rabais et d'un athlète de salle de bain. Ces lieux virtuels ont la capacité de révéler en vous tout ce qu'il y a de plus bipolaire. Ils font vous sentir tantôt irrésistible, tantôt mal au possible. Certains d'entre eux étaient amusants, d'autres cavaliers, mais rien de bien intéressant. Je pus observer différentes techniques d'approche : les timides, me saluant d'un « bonsoir », les plus téméraires me gratifiant d'un compliment, puis les kamikazes qui envoyaient directement une photo de leur sexe, ce qui laisse peu de place, il faut le dire, à l'humour et à la réflexion. Quoique, pour l'humour peut-être. Ce manège était tour à tour distrayant et consternant, mais il y avait au final beaucoup de prétendants pour peu d'élus.

Les discussions semblaient toutes identiques, copiées-collées à l'infini. « Bonsoir », « Salut ça va ? », « Tu fais quoi dans la vie ? », « Tu sors ce soir ? ». Bonsoir, oui, rien, non. Ces échanges m'amusaient souvent, me flattaient parfois. Mais ce soir-là, quelqu'un sortit du lot. Déjà, parce qu'il était beau. Non pas une beauté de papier glacé avec un corps et un visage parfait, mais un charisme, une expression qui vous donnait envie d'en savoir davantage. Ensuite parce qu'il était drôle, frais, séduisant, et que grâce à lui, je n'avais pas vu qu'il était déjà minuit.

Il proposa de me voir le lendemain. J'acceptai.

C'était un lundi. Le jour le plus insignifiant de la semaine où, à l'heure du déjeuner, sous une pluie battante, je rencontrais pour la première fois Armand. La pluie est un élément du décor exceptionnel lors d'un premier rendez-vous : elle vous permet d'arriver à la hâte, d'attendre sous un porche, de vous blottir innocemment sous le parapluie de votre partenaire et apporte ce je-ne-sais-quoi de dramatique mais terriblement romantique à n'importe quelle situation.

Paris donc, au cœur du 10ème arrondissement, rue Richer et j'attendais Armand pour déjeuner. Qui était-t-il ? Je ne le savais pas vraiment. Son profil affichait quelques photos, avantageuses, d'un homme de trente-huit ans, cheveux bouclés poivre et sel, yeux verts. Il ne souriait sur aucune de ces images. Des photos prises lors de mariages, d'événements professionnels et un selfie. Classique.

Armand, 38 ans, Paris.

Nous avions eu une discussion complètement débridée la veille, ce qui m'avait plu, car au final je trouve qu'il n'y a rien de pire qu'une discussion convenue pour faire connaissance. Il avait réussi à sortir des sentiers battus, ce qui induisait une certaine répartie et un sens de l'humour notoire. Cela me suffit pour lui accorder un déjeuner.

Habituellement, c'est autour d'un verre que se font les présentations. Mais j'ai toujours eu les verres en horreur. C'est mesquin un verre. Un verre inclut nécessairement un bar, ou un appartement. L'un n'est pas assez intime, l'autre l'est trop. Et puis il est habile de se déguiser devant un verre. Partager un déjeuner, c'est observer avec indiscrétion les faits et gestes de votre partenaire. On ne triche pas lors d'un repas.

C'est ainsi que sous mon long trench-coat, dont j'avais négligemment noué la ceinture, je portais une robe à carreaux blancs et bordeaux. Longueur midi, sans manche, elle soulignait divinement ma taille et je l'arborais avec fierté sans soutien-gorge.

Elle ne m'avait coûté que quelques dizaines d'euros alors que c'était le même modèle que portait Michelle Obama lors de la seconde investiture de son Président de mari. Il n'en fallait pas plus pour me donner la confiance d'une First lady. A mes pieds, d'incroyables chaussures en velours à gros nœuds signées Louis Vuitton et au poignet, l'intemporel sac Kelly en coloris « Rouge Hermès ». Je me sentais belle et confiante.

J'arrivai avec sept minutes de retard préalablement décompté et cherchai du regard celui qui la veille, m'avait fait passer la soirée les yeux rivés sur mon téléphone, amusée par les pitreries de cet avocat, visiblement inspiré.

Personne. Moi qui avais méticuleusement organisé mon retard me retrouvais à attendre quelqu'un dont je ne savais rien. Soudain je me sentis agacée. À quoi rimaient ces sites de rencontre ? J'attendais quelqu'un dont je n'avais même jamais entendu la voix. Quelqu'un, si tant est qu'il existât, qui ne prenait même pas la peine d'arriver à l'heure à un rendez-vous ! Quelqu'un qui n'existait pas encore mais qui me mettait déjà en position de faiblesse. D'attente.

Le vent rendait la pluie oblique et mon parapluie ne parvenait plus à retenir les gouttes qui venaient à présent tacher mon sac, humidifier mon visage et boucler mes cheveux. Mes chaussures, qui avaient pris le risque inconsidéré de fouler le pavé glissant, voyaient désormais leurs heures de gloire s'amenuiser face au caniveau qui se remplissait d'eau.

J'avais envie de repartir. Pour qui se prenait-il ?

— Réjane ? Je suis désolé pour le retard, j'ai voulu changer à Concorde mais la station était fermée, j'ai dû faire un détour et… bref. Tu es trempée. Allons-y, entrons.

Je fus à la fois surprise et émoustillée par son arrivée : je pensais trouver un avocat imposant et sûr de lui, je rencontrais un homme timide à la voix douce et aux yeux rieurs, qui s'excusait platement de n'être pas arrivé à l'heure. Tandis qu'il me précédait, j'entrai dans le restaurant.

Lui aussi portait un trench-coat beige par-dessus son costume bleu marine.

Le serveur, devinant nos intentions, nous installa dans un petit renfoncement qui ne disposait que de la place pour deux. Nous prîmes place l'un en face de l'autre et dans l'exiguïté du lieu, mes genoux vinrent frôler ses jambes.

C'est drôle comme dans ces instants, vous ne pensez plus vraiment. Je sentis une sorte d'euphorie m'envahir doucement, une excitation que je ne pus réprimer. Je trouvais cet homme charmant, et le fait même de partager ce déjeuner avec quelqu'un dont j'ignorais tout et qui pourtant me souriait en me regardant furtivement, tantôt gêné et amusé, avait quelque chose de terriblement grisant.

Les gouttes de pluie pouvaient bien continuer à tomber, elles glissaient désormais sur la baie vitrée qui nous séparait de la réalité.

Les premiers rendez-vous ont pour moi quelque chose de très addictif. Si par manque d'audace et non par manque d'occasions, je n'ai jamais pris une seule drogue, j'imagine ces rencontres semblables aux premiers shoots d'un toxicomane. Sans demi-mesure. Elles vous plongent ainsi dans un état léger ou bien une profonde angoisse.

Nous commandâmes tous les deux du poisson, et tandis que nous mangions sans penser à ce qu'il y avait dans notre assiette, il m'avoua, terriblement gêné, que nous n'avions jamais discuté ensemble la veille. C'était un de ses amis qui s'était amusé à me faire la conversation, trouvant l'application particulièrement divertissante. Complètement abasourdie par ce qu'il venait de m'avouer, je restai muette face à cet homme dont je venais de faire la connaissance et qui m'apparaissait plus inconnu que jamais. Pourquoi était-il donc venu ? J'éclatai de rire et lui tendis la main.

— Réjane, 28 ans, enchantée ! Vous êtes ? Un menteur, oui, je sais. Mais vous êtes… ?

Nous finîmes le repas en riant beaucoup. Qui m'avait parlé la veille ? Je ne le saurais jamais et ça n'avait guère d'importance. C'était bien Armand qui était là et qui demandait l'addition en me frôlant la main.

Grasse, décembre 1991

— Oui, bonjour, docteur, je suis désolée de vous déranger la veille de Noël mais pourriez-vous passer à la maison revoir Réjane ce matin ? Elle tousse énormément et siffle quand elle respire. Je lui ai donné ses antibiotiques, la Ventoline en sirop, mais ça ne semble rien y changer. Très bien, nous vous attendons, vous vous souvenez de l'adresse ? C'est rue Amiral-de-Grasse, au 26.

— Patience, ma chérie, le docteur Dumas va venir te voir.

Elle me caressait les cheveux de sa main forte et douce. Elle s'inquiétait tellement que j'aurais tout fait pour la rassurer. Je contenais même ma toux pour faire croire à une accalmie. Mais l'asthme, comme un boa qui vient peu à peu entourer vos poumons, me prenait la poitrine puis la gorge pour m'étouffer lentement. Lovée dans un affreux fauteuil tapissé de fleurs vertes et orange, j'attendais le docteur Dumas qui venait voir l'enfant de quatre ans que je n'étais déjà plus vraiment.

— Je suis navré, madame Del Fabbro ; il va falloir emmener Réjane aux urgences. Je sais que ce n'est pas ce qu'il y a de plus amusant une veille de Noël mais son état est préoccupant, elle doit être mise sous oxygène assez rapidement. Vous avez quelqu'un pour vous accompagner, votre mari peut-être ?

— Non, docteur. Réjane et moi sommes seules désormais. Réjane, ma chérie, lève-toi, prends donc tes affaires, la magnifique poupée que je t'ai offerte pour Noël. Vous avez vu, docteur ? La plus belle du magasin ! Oh non, quel Père Noël ? Elle n'y a jamais cru. Les choses sont suffisamment chères aujourd'hui pour faire croire qu'elles vous ont été offertes par quelqu'un d'autre que ceux qui vous aiment, docteur ! On va à l'hôpital, ma chérie, ils vont te soigner.

— Mais maman, qui va arroser les lentilles ?

Paris, septembre 2014

Un premier rendez-vous en appelle forcément un second. Et nous avions d'ores et déjà convenu de nous revoir le mardi 9 septembre 2014, au 3 rue de Milan, dans son appartement. Pourquoi avais-je accepté de me rendre à son domicile alors même que nous ne nous étions vus qu'une seule fois ? Je ne le savais pas bien. Mais dans le taxi qui me menait jusqu'à chez lui, ce mardi-là, Paris m'apparut autrement. Je passais tour à tour devant le Champ-de-Mars, l'esplanade des Invalides, le pont Alexandre-III, le Grand Palais, les Champs Elysées, la Madeleine, la Sainte Trinité d'Estienne d'Orves. Je regardai à travers la vitre chaque monument comme si c'était la première fois. Les touristes prenaient des photos, des instantanés qui se retrouveraient quelques semaines plus tard à des milliers de kilomètres de moi. Je m'imaginai y apparaître en second plan, à la vitre de cette voiture, un sourire au coin des lèvres. Je me sentis chanceuse de vivre dans cette ville qui n'avait pas toujours été la mienne mais à qui j'avais toujours appartenue. Je demandai à ouvrir la fenêtre, j'avais besoin de sentir l'air frais caresser mon visage, entrer en moi et me pénétrer toute entière. J'avais envie de me sentir vivre.

Il était 20 h 42 et je venais d'arriver. Je composai le code de l'immense porte cochère de cet immeuble haussmannien. Dans l'entrée, le tapis rouge sang caressait le sol en marbre. Un grand miroir renvoyait mon reflet. Je m'y attardais quelques secondes. Je m'étais préparée pendant des heures durant. J'avais lavé, lissé, soigné mes cheveux. Puis je m'étais maquillée, rasée, avait repassé une robe, une chemise, une autre chemise. J'avais essayé la robe, puis à nouveau la chemise. Et j'avais décidé de mettre la robe. Non. Finalement la chemise. Avec un jean brut, droit, sobre. Mais une belle paire d'escarpins. Voilà, c'était chic sans être trop travaillé. Il paraît que c'est ça, le « chic à la française ». En vérité, je ne voulais pas que ça se voie trop, que je l'aimais déjà.

Je montais chaque marche avec excitation, enfonçant mes talons dans l'épais tapis rouge semblable à du velours. Le moindre mouvement m'emmenait vers un instant nouveau. Les vitraux de type art-déco créaient une lumière fantasque verte, rouge, violacée à chaque étage que je franchissais.

Armand habitait au sixième. Comme s'il fallait mériter de le voir.

J'arrivai enfin au dernier étage et dans le long couloir qui menait jusqu'à chez lui je découvris une sublime vue de Paris. Il faisait déjà nuit, des milliers de foyers scintillaient, se confondant dans une ribambelle d'étoiles. Le Sacré-Cœur, auréolé de lumière, veillait du haut de sa butte.

Je repris lentement mon souffle. Un instant je me mis à imaginer la vie de l'appartement d'en face dont la fenêtre sans rideau laissait découvrir un fragment de vie. Un tableau, un parquet en point de Hongrie, une console Louis XVI. Des gens aisés, un couple ? Une famille ? Avaient-ils des enfants ? S'aimaient-ils encore ?

— Tu as déjà envie de repartir ?

C'était la voix d'Armand. Il était là, planté devant sa porte entrouverte, observant ma silhouette de dos, face à la fenêtre, sans dire un mot.

Je souris et entrai pour la première fois chez lui.

Je découvris lentement chaque meuble, chaque objet de sa vie. Il y avait des livres. Partout. Dans une grande bibliothèque, mais aussi exposés, sur des étagères, en pile sur la moquette, sur la table basse du salon. J'ôtai mon manteau et le donnai à Armand qui me proposa un verre. J'acceptai tout en contemplant chacune de ses lectures où Balzac et Hugo venaient côtoyer Zweig et Tanizaki. Hormis les livres, il n'y avait presque rien. Un canapé et une malle en guise de table basse. Sa femme l'avait quitté il y avait quelques mois à peine et il n'avait rien racheté. Il avait tout laissé là en l'état. Seuls les livres venaient remplir ce vide.

Sur les murs, quelques toiles dans des couleurs chaudes venaient égayer cet appartement aux allures involontairement minimalistes. Les toiles étaient signées de sa mère, artiste-peintre niçoise.

— Niçoise ! Comme moi ! Enfin, je viens plus exactement de Grasse… C'est incroyable ! m'exclamai-je d'une voix enjouée, comme si c'était un signe.

— Je ne savais pas que tu étais de la région, tu es allée à la fac de droit là-bas ? me demanda Armand.

— Oui, bien sûr, cinq ans.

— Moi aussi, on s'est peut-être déjà vus là-bas… Non, impossible ! J'aurais remarqué ton beau visage, ajouta-t-il sans me quitter des yeux, prétextant n'importe quelle parole pour rapprocher un peu plus son corps du mien.

— Oui, impossible ! Tu as dix ans de plus que moi…

— Ne sois pas désagréable, Réjane…

Chez lui tout était délicat. Il y avait d'abord cette odeur que je n'ai jamais retrouvée ailleurs et qui, j'en suis sûre, me replongerait immédiatement au 3, rue de Milan, si je la sentais encore aujourd'hui. La senteur la plus agréable et raffinée que je connaisse. Végétale, légèrement boisée mais aucunement artificielle. C'était là une de ces odeurs qui vous caresse les tempes, vous dégage les cheveux et vient vous embrasser dans le cou.

Puis il y avait cette lumière. Douce et ocre, à laquelle se mêlait une musique que je ne connaissais pas encore. De la clarinette. Du klezmer plus précisément, cette musique juive ashkénaze d'Europe de l'Est, tantôt joyeuse tantôt mélancolique. C'était osé, pour un second rendez-vous, de choisir une musique si singulière et si forte, que peu de gens connaissent. Et pourtant, chaque note venait s'imbriquer parfaitement dans l'instant.

Armand observait mon visage, mes mains, ma poitrine, ma bouche. Il s'arrêta sur mon poignet gauche et prétexta vouloir regarder ma montre pour y déposer une caresse. Sans me quitter des yeux, il prit ma main dans la sienne et s'approcha encore. Nous étions si près que je sentais son souffle chaud sur mes lèvres. Assise en tailleur sur son canapé, je sentis le trouble envahir tous mes sens. J'allongeai mes jambes qu'il prit contre lui. De sa main droite, il caressa chacun de mes traits, m'effleurant à peine.

Doucement, ses caresses exaltèrent tous mes sens. Il passa ses doigts sur ma bouche entrouverte, s'attardant sur l'ourlet de mes lèvres, puis il m'embrassa. Pendant des minutes, des heures, il m'embrassa avec attention, douceur, légèreté. Il me préservait, me découvrait comme un objet précieux, passant ses mains sur mon cou, mon visage et ma poitrine. J'observais tout. Spectatrice de ce maître qui avait pris possession de mon être.

J'oubliai soudain d'être moi, je n'avais plus de raison, je n'étais plus qu'une formule chimique, un algorithme de sens. Mon esprit divagua, soudain je pensai aux cours de chimie du lycée et devins un précipité bleu. Un composé chimique qu'Armand façonnait de ses mains. J'étais quelque chose. Sa chose. J'étais hors du temps, le temps n'existait plus, j'étais le temps.

Plénitude. Plénitude des corps qui s'imbriquaient si bien. Plénitude de l'esprit qui vivait comme jamais.

Il était un peu plus de deux heures du matin quand je quittai Armand. Dans le taxi qui me faisait traverser tout Paris, je planais complètement. Arrivée au 317, j'enlevai mes escarpins afin de me donner du courage pour les cinq étages à monter avant de retrouver mon appartement. Mon petit chien était derrière la porte, il avait attendu mon retour toute la soirée. Je me jetai sur le lit et m'endormis en pensant aux baisers d'Armand.

Grasse, mai 1997

— Bonjour !

— Bonjour, ma petite Réjane, comment tu vas, bientôt les vacances ?

— Ça va et vous ? Il fait si beau !

— C'est vrai, c'est l'été... En même temps, c'est l'été toute l'année par chez nous, c'est le sud ici ! J'ai une cousine qui habite dans le nord près de Lyon, ils ont encore leurs manteaux !

— On en a de la chance...

— Alors qu'est-ce que je te sers aujourd'hui ?

C'était une toute petite boulangerie à la devanture en mosaïque bleue. Elle était au numéro 32, nous étions au 28. Tenue par le père, puis sa fille, ils ne vendaient quasiment que du pain : en baguette, en boule, en mie. Des croissants et pains au chocolat, de la pissaladière et parfois, lorsque l'occasion s'y prêtait, des gâteaux des rois. Ou plutôt, une brioche luisante truffée de fruits confits et agrémentée de perles de sucre dont seule la fève m'apportait un peu d'excitation ; je n'étais pas friande de cette grosse viennoiserie de janvier.

Mme Caspiani avait l'âge de maman, environ cinquante-cinq ans, mais maman se trouvait « plus jeune qu'elle, non ? ». C'est elle qui servait les clients chaque jour dès le petit jour. Son frère, le boulanger de la famille, était sur le pont bien plus tôt ; quant à sa mère, elle apparaissait vers dix heures du matin sur un fauteuil près de la caisse et n'en bougeait plus jusqu'à la fermeture.

Mme Caspiani-mère était la gentillesse même. Très âgée, elle avait vu grandir tous les enfants du quartier qui emmenaient aujourd'hui leurs propres enfants manger un croissant dont la recette restait inchangée. Elle me demandait comment se passait l'école, si je travaillais toujours bien, me disait que j'étais mignonne, une gentille petite fille… « Vous avez de la chance, madame Del Fabbro ! Tiens c'est pour toi, Réjane. Cinquante francs, pour ta communion. » Elle mettait ce billet bleu au visage de Saint-Exupéry, le plus beau selon moi, discrètement dans ma poche, s'arrangeant pour que sa fille ne le voie pas : elle aurait pu être jalouse.

— Je vais vous prendre une ficelle, six œufs et deux parts de pissaladière.

— Très bien, ça fera vingt-trois francs et quarante centimes. Je le marque ?

Elle faisait ce signe de la main que nous connaissions bien, elle et moi. Le signe d'une addition imaginaire sur laquelle elle « marquait » d'un coup de crayon la somme qu'on lui devait maman et moi. Maman faisait tout marquer. Tout mettre de côté. Parce que bien souvent l'argent venait à nous manquer et qu'il fallait bien mener la vie que l'on méritait.

Ainsi, des plus jolis vêtements de la ville à la boucherie des Oliviers, du coiffeur d'en bas jusqu'à la parfumerie sous les arcades et de la fromagerie à la boulangerie, nous avions des notes. Des notes partout que maman soldait dès qu'elle recevait de l'argent de ses cours de piano.

Je ne sais pas si tous ces gens se prêtaient à cet arrangement parce qu'ils étaient commerçants et qu'ils voulaient fidéliser leur clientèle, même à crédit, ou bien parce qu'ils étaient touchés par cette mère, d'un certain âge c'est vrai, qui élevait seule sa fille du mieux qu'elle pouvait. Un peu des deux sûrement.

— Mme Lauretta a payé le trimestre d'avance ! « Lauretta Laurette » elle s'appelle, il faut le faire… Mais si, Réjane, tu l'as vue, une grande femme blonde qui vient le mardi soir prendre ses cours de piano… Quatre cents francs, elle a réglé !

Et soudain, nous avions l'impression d'être riches.

Paris, septembre 2014

C'était un mois de septembre exceptionnel. Paris était ensoleillé, il faisait incroyablement bon et les terrasses de café étaient prises d'assaut dès le petit matin. Parfois, il m'arrivait d'aller avec mon petit chien Fangio prendre un capuccino accompagné de tartines beurrées dans l'une de ces brasseries de la rue Cambronne. Je lisais, puis observais les passants, les gens, la vie. Les feuilles des platanes étaient déjà en train de tomber et l'on savait que cet instant de grâce n'allait pas durer. Que déjà, le mauvais temps, l'ennui et le gris allaient envahir Paris. Mais rien de tout cela ne semblait venir à l'esprit de quiconque. C'était si doux que personne ne voulait penser au lendemain, au week-end prochain.

Mes pensées, elles, n'étaient que pour Armand et ses baisers de la veille.

Je décidai de me rendre à Saint-Germain-des-Prés, mon quartier préféré de la capitale. Le quartier de Sartre, Sagan et Romain Gary.

Lorsque je pense à Saint-Germain, j'imagine toujours un Paris d'antan, des femmes élégantes accompagnées de charmants dandys, un milieu d'intellectuels, de littéraires et de créatifs se réunissant au Flore. J'imagine Yves Saint-Laurent, Karl Lagerfeld, Jacques de Basher et bien d'autres, mêlant frasques et fureur de vivre dans un Paris qui n'existe plus. J'aurais aimé vivre à cette époque, qui me si semble extraordinaire. Les années 1960. Celles qui ne connaissaient ni les portables, ni les ordinateurs et encore moins Internet.

Je m'arrêtai d'abord à Sèvres-Babylone. Il y a là le Bon Marché, dont seul le nom, il faut bien le dire, est abordable. C'est le plus parisien des magasins que je connaisse tant il est snob et singulier. Le plus intime aussi, où il est inutile de s'épuiser à chercher quoi que ce soit : tout est là. Des plus belles chaussures aux sacs de créateurs, le Bon Marché réunit toute la quintessence du chic rive gauche. Je m'émerveillais toujours de tous ces apparats que j'avais seulement pu admirer sur papier glacé pendant tant d'années.

Puis, j'allai direction rue de Grenelle. Je sentais l'amour fou que j'avais pour cette ville, pour chacun de ses pavés, j'avais l'impression qu'ils m'avaient attendue jusqu'à ce jour. Si j'étais là aujourd'hui, c'est que j'avais déjà un peu réussi ma vie. Mais quelle vie ?

Je poursuivis ma balade vers la rue de Sèvres, entrai dans la boutique Hermès, la plus belle qui soit, créée dans l'ancienne piscine du célèbre hôtel le Lutétia. J'y admirai tout. Des parfums aux carrés de soie, en passant par la vaisselle, les bracelets et toutes ces choses qui ne sont faites que pour être regardées.

Puis, je continuai mon chemin jusqu'à la place Saint-Sulpice et la boutique Saint-Laurent. L'air me semblait si léger… Je pensai à Armand, ses baisers de la veille me porteraient encore pendant des heures.

Tandis qu'un portier m'accueillait à l'entrée, je scrutai toutes les collections que je connaissais déjà par cœur tant je les avais décortiquées dans les magazines. Ce jour-là, j'étais venue m'offrir un sac à main. Bien que les vendeurs s'échinassent déjà à me montrer tous les modèles, je savais d'avance celui qui ferait l'objet de mon choix. J'avais déjà dans mon portefeuille ma liasse de billets que j'arborai fièrement à la caisse, comme si j'étais une jeune fille aisée. Je me faisais rire. Je pensais à Marguerite Duras et Yann Andréa qui, des années plus tôt, étaient dans cette même boutique et achetaient des blazers « parfaitement bien coupés » de chez YSL. Je repensais à cet amant, gêné par une écrivaine mondialement connue qui clamait haut et fort qu'elle avait droit à trente pour cent de réduction.

Définitivement, le luxe et l'amour sont deux choses qui se marient à la perfection. J'avais donc, je le croyais, la vie que j'avais toujours voulue. Celle d'une jeune femme qui s'offre, seule, le sac à main de ses rêves et qui le fait pour elle, dans une indépendance et une liberté totale.

Un sac à main qui inaugurerait ma première nuit avec celui qui me donnait tant de joie. J'avais envie d'une surenchère de bonheur, d'ajouter de l'extase à l'extase, en rendant ces jours plus beaux qu'ils ne pourraient jamais l'être à nouveau.

Dans la lumière du soir d'un doux mois de septembre, assise sur un banc de la place Saint-Sulpice, je touchai, je crois, le bonheur de près.

Paris est mon terrain d'amour favori. Je ne me suis jamais sentie aussi comblée que dans cette ville. Ma vie est ici. Dans ses cafés, ses rues et ses quartiers. Paris est la scène qui accueille la pièce de ma vie. Je me reconnais dans la multiplicité de ses facettes et chaque décor vient embrasser au plus près chacun de mes sentiments. Paris me prend dans ses bras lorsque viennent le désespoir, la solitude, la peur de l'abandon et accroît mes joies de ses églises, monuments, boutiques. J'aime son mouvement, cette vie qui ne s'arrête jamais.

J'avais rendez-vous le soir même avec Armand dans un restaurant confidentiel du second arrondissement, quartier Bourse. J'avais décidé de porter une robe noire, sobre et sexy ainsi qu'une paire de sandales à clous Valentino, qui tranchait avec la simplicité du reste de la tenue. Chose que ne manqua pas de relever Armand lorsque, dans les escaliers qui nous menaient sur le toit du restaurant, il caressa délicatement ma cheville.

Je ne me souviens plus du dîner, du nom du restaurant, de la température qu'il faisait ce soir-là. Je sais que j'étais heureuse et que je lui plaisais. Je sais qu'il ne me quittait pas du regard et que sous la table, ses mains douces caressaient le coin de peau nue dans mes escarpins en me désirant follement. Nous rentrâmes par Saint-Augustin, Saint-Lazare, la rue de Rome, la rue de Liège et enfin la rue de Milan. Il me prit la main dans une sombre ruelle et m'embrassa devant une porte cochère. Puis nous montâmes les étages un à un, jusqu'au sixième. C'est là, dans cet appartement, qu'il poursuivit ses caresses pendant des heures jusqu'à exalter la plus infime partie de mon corps.

Chaque instant était empli d'éternité, car de mes angoisses à mes désirs les plus profonds, seules ses mains pouvaient tout combler.

Du bout des doigts il caressa mon visage, mon cou, puis dégagea mes cheveux. Il toucha ma poitrine, sans jamais me brusquer, comme s'il ne voulait pas m'abîmer. Ma peau se dressait à chaque passage tandis qu'il observait. Il détaillait chaque expression de mon visage, et jouissait de voir que je lui appartenais déjà pleinement. Comme si j'avais déjà cédé à tout. Il avait fait tomber par son regard et ses caresses toutes les barrières du monde. Il voulait mon plaisir, rien que mon plaisir. Par un subtil jeu de miroir, il prenait son plaisir dans la soumission qu'il voyait dans mes yeux. Moi, je ne m'occupais de rien. Je n'étais qu'une somme de cellules, de terminaisons nerveuses qui s'éveillaient à son contact. Je n'étais plus qu'un clavier qui s'anime sous les doigts d'un pianiste.

Ce fut une nuit fabuleuse. Le ciel couvert laissait s'échapper par moments quelques lueurs d'étoiles entre les nuages. Je les voyais défiler à travers la baie vitrée du salon. Depuis son canapé, je lui laissais tout improviser. Il tint mes poignets, mes chevilles avec force, puis il m'embrassa doucement, encore. Il caressa mes lèvres de tous ses sens. Puis il me prit. Contre, par lui et en lui. Il y a des instants où la sensibilité est telle qu'elle vous fait pleurer.

Il déploya en moi toute une palette de sensations que je confondis avec des sentiments. Je confondis tout. L'amour fou, le désir total. La soumission et l'appartenance. J'eus soudain envie qu'il me gifle. Étais-je donc à ce point un pantin qu'un geste suffisait à faire jouir ou tomber ? C'est justement ce que j'aimais. J'abandonnai tout. Moi qui d'ordinaire contrôlais tout, j'allai jusqu'à me coucher maquillée devant lui. Je lui donnai tout. Mon corps, mon âme, il prit tout, cet inconnu d'Internet.

Nous ne connaissions pas nos amis, nos familles, nos entourages, nous n'avions pas fait nos études ensemble, nous ne nous étions pas rencontrés lors d'un voyage, d'un déplacement professionnel. Il n'avait aucun lien de parenté, proche ou éloigné, avec un seul de mes amis, il n'avait pas la même religion, nous avions dix ans d'écart. Un curieux fruit du hasard finalement. Et pourtant, il me semblait qu'il savait tout. Nous parlions ce même langage qui n'a pas besoin de mots. L'attraction de nos corps était si puissante qu'elle effaçait toute convention. Il suffisait qu'il me regarde pour que je sombre dans les limbes les plus parfaites du plaisir. Dans ses pupilles dilatées, je voyais qu'il me désirait et par un manège narcissique infernal devenait amoureuse du désir qu'il avait pour moi.

S'il me désirait, alors j'existais. Plus fort et vivant était son désir, plus vraie, plus établie était mon existence. J'avais envie de lui dire que je l'aimais. Que je m'aimais. Parce qu'il m'avait regardée comme personne ne l'avait jamais fait.

Chaque jour qui se dessinait était une nouvelle page. Ce matin-là encore, je ne rêvais pas, j'écrivais un nouveau chapitre avec Armand. Nous avions fait ensemble cette traversée du sommeil dont seul le l'aube était venue nous sortir.

L'heure, qui défilait désormais plus vite qu'un train lancé à grande vitesse, nous rappelait de minute en minute à nos obligations professionnelles. Nous n'avions qu'une heure avant de nous quitter, mais aucun d'entre nous n'avait envie d'y penser. Je gardais ces précieux instants comme un trésor qui, je le pressentais, allait bientôt m'être dérobé.

Je me lovais près de son corps. Sa main effleurait doucement mon visage et je souriais timidement sans même m'en apercevoir. J'étais heureuse et gênée face à cet amour naissant que je ne savais comment appréhender.

C'est fou à quel point le banal peut revêtir ses plus belles couleurs après une nuit d'amour. J'avais la sensation de vivre quelque chose d'exceptionnel. De vivre l'extraordinaire dans l'ordinaire.

Je me levais d'un bond en direction de la salle de bains, laissant négligemment la porte entrouverte. Je prenais une douche rapide pour pouvoir profiter de sa présence encore un peu, puis sur la grande vasque je déposais mon maquillage. Je relevais mes cheveux en chignon haut maintenu par un pinceau, et commençais mon rituel.

Je mélangeais le fond de teint et crème au creux de ma main puis l'appliquais au pinceau sur mon visage. Puis les yeux, une ombre dorée, une plus foncée. Je baissais la tête pour reprendre un peu de matière, et c'est là que j'aperçus Armand dans l'embrasure de la porte. Je ne sais pas depuis combien de temps il m'observait, mais il était resté dans mon ombre, immobile, à étudier chacun de mes gestes. Par un jeu de miroir, je le surpris dans ses divagations. Il se ressaisit instantanément et, avec un léger sourire, battit en retraite.

La lumière de la lampe de chevet avait laissé place aux rayons du soleil, et Marvin Gaye inondait la pièce de joie au rythme de *Ain't no Mountain High Enough.*

Je le rejoignis dans la cuisine. Il avait sorti une théière rouge translucide dans laquelle infusait un thé Mariage Frères. Sur un plateau, il avait disposé une assiette avec deux tartines beurrées, un petit pot de confiture, ainsi qu'un verre d'orange pressée. À côté du verre, un vase avec un petit bouquet de violettes qu'il venait d'acheter au fleuriste un peu plus bas.

Il ne prenait qu'un café, mais il avait préparé pour moi un thé brûlant.

Il s'était souvenu de tout ça. Oui j'aimais une tasse de Earl Grey French Blue le matin, avec ses notes de bergamote. Oui, je lui avais dit que les fleurs égayaient n'importe laquelle de mes journées. Quelques jours auparavant, je lui avais parlé du langage des fleurs. Ainsi, en m'offrant un petit bouquet de violettes, je comprenais qu'il m'avouait, avec toute la pudeur qui le caractérisait, ses sentiments naissants à mon égard.

J'essayais de me rappeler la dernière fois où quelqu'un m'avait préparé avec tant d'attention mon petit déjeuner, mais je n'avais pas envie de réfléchir au passé trop longtemps.

« There ain't no mountain high enough,
Ain't no valley low enough,
Ain't no river wide enough,
To keep me from getting to you… »

Si je devais décrire Armand, je commencerais sans doute par sa voix. Il avait une voix calme et tranquille. Une voix que l'on n'imagine jamais en colère. Sans être monocorde, sa voix respirait la sérénité. On pouvait sentir dans sa façon de parler l'assurance d'un avocat, de celui qui avait l'habitude des discours. Pour autant, il ne paraissait jamais prétentieux car il ne parlait que très peu de lui. Son histoire, ses humeurs et ses sentiments semblaient avoir été mis dans un coffre dont je ne possédais pas la clé.

Armand faisait ressortir, par je ne sais pas quelle magie, le meilleur de moi-même. À moins que ce soit moi qui, par admiration, me poussais à être à sa hauteur, à lire de plus en plus, de m'intéresser, à être à sa hauteur. Il me semblait qu'il connaissait tout.

Je voulais voir en lui un égal. Il était mon idéal.

Il avait mille sujets de conversations et nous parlions pendant de heures entières de littérature. Je lui avais demandé quels étaient ses ouvrages préférés Il était incapable de faire un choix, aussi je lui avais répondu :

— Tu es obligé de choisir, sinon tu meurs dans 5, 4, 3, 2… 1…

Et il avait fini par faire un classement provisoire des œuvres qui l'avaient marqué.

Je lui parlais de mon amour sans faille pour Romain Gary, Marguerite Duras, Françoise Sagan. Je lui disais que je n'avais jamais réussi à finir *Le Livre de ma mère* d'Albert Cohen tant il éveillait en moi des blessures. Il me parlait alors de Céline et me louait la beauté de *Voyage au bout de la nuit*, les scènes hilarantes de *Mort à Crédit*… Je prenais des notes dans ma tête sur tout ce qu'il me restait à découvrir, à apprendre. Pour lui, j'ai été la plus appliquée des élèves.

Nous pouvions aussi parler de musique. Lui et moi adorions le piano, qui avait bercé toute mon enfance – ce qui me permet, aujourd'hui encore, de reconnaître une valse de Chopin d'un morceau de Fauré ou bien de Rachmaninov dès les premières notes.

Il prenait plaisir à s'abreuver des paroles des autres, les écoutant, les questionnant sur leurs passions, s'intéressant à tout, sans jamais émettre de jugements superficiels. Lorsqu'il ne parlait pas, ses yeux s'exprimaient à leur place. Ses yeux verts légèrement en amande avaient le pouvoir de désarçonner n'importe qui. Et s'il ne s'épanchait pas, son visage tout entier traduisait ses émotions. Il suffisait de l'observer, et soudain on pouvait apercevoir son âme ; il souriait beaucoup, de ses dents blanches et parfaitement alignées, puis il riait, d'un rire franc et élégant.

Sa silhouette était celle d'un jeune homme. Sec, longiligne, il n'était pas très grand, mais comme je ne l'étais pas d'avantage, je devais tout de même me hisser sur la pointe des pieds pour l'embrasser. Il était toujours vêtu avec élégance et raffinement, pourtant ses cheveux poivre et sel en bataille, denses, comme une crinière, lui conféraient un air d'artiste peintre légèrement farfelu.

Et il l'était parfois. Comme lorsqu'il avait improvisé un mini-golf sur la moquette du salon, ou bien lorsqu'il m'appelait en plein milieu de la nuit pour me dire qu'il pensait à moi.

Hélas, tant de plénitude se paie. Il est rare que la vie vous fasse cadeau de ces morceaux d'éternité sans qu'elle ne vous envoie l'addition un peu plus. Et la jouissance pure de la chair entraîne, on le sait bien, les tiraillements les plus tonitruants de l'esprit. Ainsi, alors que je quittai Armand au petit matin, je me mis à ressentir un vide des plus profonds.

Je suis quelqu'un de mélancolique. Non pas par nécessité mais par nature. Je suis en décalage permanent avec mon temps. Je suis à la fenêtre d'un train, en sens inverse de la marche et je vois défiler un paysage qui n'existe déjà plus. Ainsi est ma vie. J'observe une nébuleuse dans un rétroviseur. Un espace où le temps vient chaque jour flouter davantage l'aquarelle du passé. Et lorsque j'arrive saisir quelque chose, c'est soudain la plus merveilleuse des choses. Car je l'ai capturée, à tout jamais. Elle ne passera pas, puisqu'elle n'existe qu'en moi et que personne ne peut me la retirer.

Chaque jour j'effectue tous ces voyages dans le passé avec un plaisir nostalgique. Je n'arrive pas à vivre l'instant présent, celui-là même qui fuit alors que j'écris. Ce temps m'évapore. Mais dès lors que finissent par m'échapper toutes ces caresses, ces rires, ces regards, ces fêtes, ces plaisirs, je ne le supporte pas. Je cherche parfois des solutions ; comment faire ? Se divertir.

Sans cesse, et par tous les moyens. Vivre dans le mensonge, ne rien regarder en face, oublier, faire semblant. J'admire les menteurs, les braqueurs, les fous, les fraudeurs, les infidèles. Je les trouve finalement plus sincères que quiconque. Ce sont peut-être les seuls qui ont compris que nous ne sommes que les figurants d'une mauvaise série B, et qu'il faut tout faire pour essayer de se sauver d'une manière ou d'une autre.

Je crois que la mélancolie fait partie de ces maladies qui vous prennent très tôt. Vous êtes enfant mais déjà vous préférez la pluie à ce soleil si doux du sud de la France. Vous êtes vivant et pourtant la mort hante vos journées et vos nuits. Car c'est la nuit la grande prêtresse de toutes les angoisses, le gourou de la dépression, la maîtresse de la mélancolie.

Aujourd'hui et plus que jamais la tombée du jour m'angoisse. À son arrivée, je me sens mourir un peu. Je sais qu'il me manque quelqu'un, mais je ne sais pas qui. Soudain tout me semble insurmontable. Je fais ce même rêve depuis l'enfance. Je suis face à la mer, quand une vague terrible se dresse brusquement, la même que celle d'une estampe d'Hokusai. Je suis sous la vague, je survis, mais je la vois tout détruire autour de moi. Je suis vivante mais je n'ai aucune chance de m'en sortir. Et c'est ma chance, mon destin, qui va venir me tuer, alors que je reste plus seule que jamais.

Grasse, 5 mars 1996

— Il faut que tu lui parles, que tu le voies que tu lui dises ce que tu as sur le cœur.

— Non, maman, je n'ai pas envie, ça va servir à quoi ?

— C'est ton père, c'est important.

— Il nous a abandonnées toi et moi, tu le sais très bien.

— Il ne nous a pas vraiment abandonnées, sa société a complètement coulé, il a dû retourner vivre chez sa femme, il n'a pas eu le choix.

— On a toujours le choix, maman.

— Tu sais, il m'a rendue très heureuse, il venait dès qu'il le pouvait. Il était même venu pour ta première rentrée à l'école…

— Je ne m'en souviens pas.

— Il t'a lu ton premier livre. *Tiens, c'est un œuf*, je m'en souviens comme si c'était hier.

— Tu penses qu'il m'aimait ?

— Bien sûr. Mais c'est un homme. Il aime comme peuvent aimer les hommes.

— C'est-à-dire ?

— Qu'il oublie peut-être aussi. Écoute, Réjane, j'ai retrouvé son numéro dans les *Pages blanches*. Il habite Foissac, je l'appelle.

— Maman…

— Il ne répondra peut-être pas ! Ça sonne. Ça sonne toujours. Il ne doit pas être chez lui.

— Allô ?

— C'est lui !

— Allô ?

— Oui allô, c'est Andrée, tu te…

— Bonjour, Andrée, comment vas-tu ? Depuis toutes ces années, je savais que tu finirais par m'appeler un jour.

— Je vais bien. Enfin, nous allons bien. Réjane et moi. Tu veux lui parler ?

— Non, maman, non, s'il te plaît…

— Oui bien sûr… Bonjour, Réjane.

— Bonjour, monsieur.

— Tu peux m'appeler papa.

—…

— Peux-tu me rappeler ta date de naissance, s'il te plaît ?

— Le 4 janvier 1987.

— Ah oui, c'est ça. Janvier 87. Tu as donc 9 ans déjà.

— Oui. Maman a gardé dans l'album photo de ma naissance le petit mot qui accompagnait les fleurs que tu lui avais envoyées à la maternité, mais tu as certainement oublié.

Paris, septembre 2014

« Merci pour cette nuit si différente. »

Ces quelques mots que je venais de recevoir firent bondir mon cœur dans ma poitrine. D'abord parce que c'était Armand, et ensuite parce que je trouvais les mots extrêmement bien choisis. Parfaits même. Il me faisait comprendre que j'avais eu ce pouvoir d'entrer dans sa vie, d'interférer sur son état, et d'impacter ses émotions. Ils faisaient bien sûr écho à mon propre narcissisme. Cette nuit différente, c'était grâce à moi qu'il l'avait vécue et personne d'autre. Et j'étais ce que j'avais toujours voulu être : la seule, l'unique.

Je passais désormais ma vie entre la rue de Vaugirard et la rue Jules Lefebvre dès lors que j'y étais permise. Car Armand avait une fille et ne voulait surtout pas qu'elle me voie. Il ne voulait pas que j'interfère dans la sphère si étroite qui les liait, elle et lui. Je faisais semblant de comprendre et de trouver ça touchant. Mais au fond, cette distance imposée me rongeait. La capacité d'Armand à départager les choses et les sentiments me faisait comprendre qu'il n'y aurait jamais pour moi d'amour aussi grand.

Je me pliais donc à toutes ses règles et ses contraintes horaires. Le soir, je n'arrivais jamais avant vingt et une heures, et pas avant qu'il fût sûr que sa fille fût bien endormie. Puis je repartais en pleine nuit, jamais au petit matin. Sauf lorsqu'il n'en n'avait pas la garde. Et alors même, son emploi du temps se faisait de plus en plus chargé. Il travaillait beaucoup, finissait tard, était très souvent exténué.

J'arrivais le plus souvent en milieu de soirée. Parfois les deux assiettes qui avaient servi à leur modeste repas venaient tout juste d'être débarrassées et l'on risquait de mettre le pied sur quelques jouets qui traînaient. Mais j'étais attendrie par tous ces détails. Lui, qui se démenait entre son cabinet d'avocat et sa vie de père de famille à mi-temps. Lui qui aurait tout donné pour sa fille, lui qui l'emmenait déjà à l'opéra, à la Philharmonie de Paris alors qu'elle avait seulement sept ans. Le linge de cette petite était repassé et ses affaires prêtes à être enfilées le lendemain matin. Un cartable Dora était adossé sur une des chaises du salon et l'on pouvait lire « Joséphine » en grande lettres sur la porte de l'unique chambre de l'appartement. Combien de nuits ai-je passées dans le salon qui jouxtait sa chambre d'enfant sans jamais avoir eu l'occasion de la rencontrer… J'aurais voulu t'aimer, petite Joséphine.

Je venais, et c'était toujours le même scénario. La lourde porte cochère, le hall en marbre, les six étages avec le tapis rouge, le long couloir, la vue à couper le souffle et Armand, derrière sa porte d'entrée, l'air si heureux de me retrouver. Jamais nous ne nous embrassions de suite. Notre plaisir était de faire monter le désir jusqu'à ce que nous ne puissions plus tenir. Lovée dans son canapé, nous discutions de choses sans intérêt, puis il venait m'effleurer, prétextait de regarder mes bracelets pour caresser mon poignet, prenait mes jambes contre lui, retirait la boucle de mes chaussures et les faisait glisser sur la moquette. Il ne cessait de me parler pendant qu'il caressait mes jambes, mes cuisses, mes fesses, mes seins, ma bouche. Il me parlait tout en me prenant, doucement, amoureusement. Puis, alors même que nous nous étions tout donné, il restait souvent près de moi et continuait ses caresses. Je m'assoupissais et pendant un court instant, redevenais l'enfant qui s'était perdue bien trop tôt dans ce monde d'adulte.

— Réjane, réveille-toi, tu ne peux pas dormir là, tu sais bien… Ma fille…

— Oui, je sais, je vais commander un taxi. Que fais-tu ?

— Oh rien. Je viens de me rappeler qu'il fallait que je couse un élastique sur les chaussons de danse de Joséphine…

— Tu t'en es souvenu, à deux heures du matin ! Tu veux que je t'aide ?

— Comment aurais-je pu l'oublier, elle me l'a rappelé au moins dix fois aujourd'hui. Non, ça va aller… Rentre, il est déjà trop tard.

Un soir, alors que je rentrais chez moi avant de partir retrouver Armand, je fus contrainte de rester sur le palier : j'étais partie trop vite, sûrement en retard, comme chaque matin, et avais oublié mes clés à l'intérieur. Je dus solliciter Aurore en urgence alors qu'elle était partie chez une de ses conquêtes, et pendant que je l'attendais, coincée devant ma porte, Armand m'appela.

J'étais heureuse de l'avoir au téléphone. D'entendre sa voix avant de le retrouver. Nous ne communiquions généralement qu'à l'écrit, comme depuis la première fois où il, par l'intermédiaire d'un autre, était entré dans ma vie. C'est pourquoi chaque bribe nouvelle de communication m'apportait de la confiance en cet amour naissant.

Au téléphone, il me confia alors avoir effectué des recherches sur ma famille. Grâce à Internet bien entendu. Mon nom de famille lui avait permis de retrouver ma mère à travers l'annonce d'un récital de piano qu'elle avait donné quelques années plus tôt. Puis il avait découvert son métier d'organiste à la cathédrale de Grasse. Je ressentis un léger malaise dans son intonation.

— Tu sais Réjane, me dit-il, je ne fréquente pas trop les églises.

Je n'y voyais pas d'inconvénient, ma mère et moi n'avions jamais été des grenouilles de bénitier.

— Tu ne comprends pas, je crois ; je ne fréquente pas les églises car je suis juif.

Il m'annonça cela avec une telle solennité que j'en fus retournée. Peu importait qu'il soit juif, musulman ou chrétien. Mais je sentis au timbre de sa voix que cela constituait une barrière que rien ne pourrait outrepasser. Je tentai immédiatement de soulever la question :

— Cela te pose un problème, que je ne sois pas juive ?

— Pas plus que ça. Tu as pu rentrer chez toi ? Je t'aurais bien proposé de dormir chez moi mais ma fille est là et je ne voudrais pas que…

— Oui, c'est bon ! Aurore est arrivée !

— Tu veux quand même passer ? J'ai envie de te voir…

« Passer ». Je pris soudain conscience que je n'étais que quelqu'un de passage et fus envahie d'un terrible sentiment. Les doutes s'infiltrèrent sous ma peau. Et au fil des jours suivants, Armand se fit de plus en plus secret, distant, changeant. J'avais peur.

Grasse, mai 1999

— Tiens-moi la main…

— Maman, je suis grande maintenant ! On arrive à la maison en plus…

— Je t'ai servi le repas, comme d'habitude, tout est prêt, tu n'as plus qu'à mettre les pieds sous la table ! Ah, ça ! Ce n'est pas à la cantine qu'on te servirait les bonnes pommes de terre à la poêle de ta maman ! Un bon steak haché de chez le boucher, des carottes râpées… Par contre je n'ai pas pris de dessert.

— Ah.

— Attend, je vais m'arrêter acheter du café.

Juste en dessous de notre immeuble dans la vieille ville de Grasse, se tenait un marchand de café. A l'intérieur de son commerce, des dizaines et des dizaines de grains prêts à être moulus se tenaient devant nous. Par magie, la propriétaire des lieux, une femme rousse d'une quarantaine d'année à la voix criarde, les transformaient en une incroyable mixture semblable, pour l'enfant que j'étais, à de la poudre humide couleur de jais. Tout en parlant, le plus souvent des voisins et autres commerçants qui, toute la journée, attendaient les clients, elle scellait, d'un geste franc et rapide, la préparation choisie par maman dans un sachet en kraft sur lequel était inscrit « Au grain de café ». Elle refermait ainsi avec lui les contrées exotiques d'un grain de café dont ni elle, ni nous, ne connaissions autre chose que les photos colombiennes et brésiliennes encadrées dans le mur de son entrée. À tour de rôle, chaque buveur de café grassois venait ainsi délivrer de leurs emballages ces senteurs chaudes et réconfortantes dont les volutes de fumées invisibles venaient s'épandre jusque dans notre chambre du premier étage du 26, rue Amiral-de-Grasse.

Pour diversifier sa clientèle et appâter l'enfant qui, comme moi, n'appréciait guère, ou bien tout juste, l'odeur de ce magasin, sa tenancière avait jugé bon d'y installer quelques sucreries, dont un petit congélateur rempli de glaces en tous genres. Je demandai à maman, qui ne refusait jamais quelque chose de sucré, si je pouvais avoir une glace. Elle me l'accorda et d'une pièce de deux francs, délivra cette précieuse gourmandise qui soudain était mienne.

— Tu la gardes pour le dessert ! déclama avec autorité la femme bronzée aux cheveux orange.

— Non, je vais la manger tout de suite, rétorquai-je.

— Avant le repas ? s'écria la dame, dont le regard, tout à coup inquisiteur, se posa sur maman.

— Oh, après tout, si elle en a envie… Tant qu'elle mange son repas vous savez… répondit maman avec grâce et désinvolture.

— Ah ben dans l'estomac, tout se mélange, hein ! Allez, bonne journée mesdames !

Maman était comme ça. Elle ne s'embarrassait pas des conventions sociales, des bonnes manières et des règles futiles qui régissent la vie des gens. Elle avait cette liberté jusque dans les parcelles du quotidien. Elle mangeait le dessert avant la fin.

Paris, octobre 2014

Un matin je me réveillai avec un goût âcre de la vie. Je ne savais pas pourquoi mais ce sentiment me collait à la peau, m'envahissant toute entière et me prenant à la gorge. Je sentais mon cœur frapper ma poitrine. Les battements étaient lents mais ils cognaient avec force au plus profond de mon être, créant des secousses qui venaient ébranler mon corps tout entier.

Je n'avais plus de nouvelles d'Armand depuis plusieurs jours. Nous nous étions écrit, devions même nous voir le samedi suivant, mais je le sentais différent. Je n'avais pas envie d'être oppressante, d'être une charge, un boulet supplémentaire. Alors je n'écrivais pas. Quel effort titanesque cela me demandait ! Je sortais, je lisais, mais rien n'accrochait mon attention. Parfois, j'en venais à délaisser complètement mon téléphone. À quoi bon rester les yeux rivés sur son écran ? Je n'avais pas besoin de lui après tout. Il finirait bien par écrire. Mais ce regain de confiance en moi n'était que très souvent de courte durée.

Que faisait-il ? Avec qui était-il ? Il n'avait pas sa fille cette semaine, je le savais.

Mais peut-être était-il débordé ? Oui, sans doute, c'était ça. N'est-ce pas ?

— Aurore, mon amie ? C'est ça ?

— Oui, tu as raison, bien sûr, il a mille choses à penser, et moi, qui suis là, à attendre.

Attendre bêtement, c'est ça. Comme une bête apeurée, dans l'attente que quelque chose se produise. Oui, j'ai peur de ce qu'il pourrait dire.

— Tu le sais toi, Aurore, dis-moi qu'il va rappeler.

— Bien sûr, qu'il va rappeler.

— Mais alors pourquoi ne le fait-il pas ? Il m'a oubliée, Aurore…

— On n'oublie pas comme ça !

— Je l'aime, Aurore.

— Je sais.

— J'ai peur.

— Je sais.

Nous sortîmes alors, pour me divertir, me changer les idées. Vêtements, objets, sacs à main : j'achetai tout. Je n'avais plus d'argent mais j'achetai tout. J'avais besoin de panser les plaies qui peu à peu s'ouvraient en moi. L'angoisse, comme une gangrène, s'installa lentement dans cette journée au cours de laquelle les heures distendues ne me semblaient être qu'une mare de sable dans laquelle je m'ensevelissais.

C'est étrange comme le temps prend emprise sur vous. Il s'agrippe à vos épaules comme une lourde charge dont vous ressentez désormais le poids de la plus simple des secondes. Plus rien n'est facile, tout n'est plus qu'effort et faux-semblant.

Nous étions vendredi et nous devions nous voir le lendemain, Armand et moi, et je n'avais pas de nouvelles. N'y tenant plus, je lui écrivis dans la soirée. Une banalité. Essayant de dissiper maladroitement mes peurs, je lui demandai si notre rendez-vous du lendemain était toujours d'actualité. Notre génération a cet effroyable besoin d'instantanéité. Les messages envoyés telles des fléchettes ont besoin de réponses immédiates pour savoir s'ils ont bien atteint le cœur de leur cible.

Mon message resta sans réponse.

Une minute, cinquante minutes, deux heures, trois heures, six heures. Je finis par m'assoupir, éreintée.

Puis c'est au beau milieu de la nuit, dans un sursaut, que je revins à la réalité. J'attrapai mon téléphone et là, vis un message d'Armand s'afficher sur l'écran. Ce n'était pas vraiment une réponse, mais plutôt un aveu. Une déclaration dans laquelle il m'avouait ne pas ressentir de sentiments amoureux. Il avait compris quels étaient les miens. Il savait tout.

Et il me quittait. Tout simplement.

Désormais, il ne me prêterait plus la moindre attention.

Mais qu'était-ce au final, si ce n'est une banale histoire d'un type et d'une fille s'étant rencontrés sur Internet. Il y en avait des milliers comme nous. Chaque jour, dans cette surconsommation de chair, à l'étalage des prétendus sentiments se rencontraient des hommes et des femmes perdus dans cette vie insensée. Leurs chemins se croisaient alors. Un baiser, un corps, deux, trois corps, encore, imbriqués, faisaient l'amour comme on va faire ses courses. Un shoot d'opium, un rail de coke, qui accélère le temps et fait jouir plus fort.

Mais pas moi. Pas moi.

Moi j'avais tout donné, mon corps, mon âme, et lui avait tout pris. Il avait tout bousillé, mâché puis jeté dans le caniveau.

Je répondis, dans la nuit éclairée de mon appartement de Vaugirard.

Je répondis n'importe quoi.

Que je n'étais pas attachée à lui, oh non, surtout pas, il croyait quoi ?

Non, moi ce que je voulais c'était de la baise, c'était cool, la baise, non ?

Je répondis ce qu'il voulait entendre, pour le garder encore coûte que coûte. Et puis, ça va, on n'avait qu'à se voir de temps en temps, pas de malentendu hein ? On se voit, c'est bien, on ne se voit pas tant pis, j'ai plein de choses à faire ces derniers temps. J'ai envie de toi, tu sais ? Baise-moi, je t'en supplie, baise-moi encore.

Dans la pénombre de ce petit salon surchargé, je fus prise d'une terrible angoisse. Le sol se déroba sous mes pieds et un vertige violent m'approcha des portes de la folie. Soudain, mon salon n'eut plus rien de charmant, il devint quatre murs moisis dont chaque chose me semblait dénuée de vie. Certainement l'étais-je un peu aussi. La douleur vint envahir ce corps qui ne répondait plus aux tentatives de reprendre le dessus. C'était l'urgence sentimentale dont seul Armand pouvait me sauver. Dans le miroir fendu de la salle de bain, je regardai mon visage tuméfié par les larmes, mes yeux avaient pris cette couleur plus claire, ils devenaient verts lorsque venait la peine. J'avais une peur panique de la solitude. Ainsi, s'il ne voulait plus de moi, je serais bientôt morte.

Il ne s'agirait pas là de suicide ou d'accident. Pas de spectacle et pas d'esclandre, ni une ligne dans les faits divers. Non. Je serais bientôt morte de l'intérieur. Comme dans ces hôpitaux où les gens mangent, boivent et défèquent, mais dont le regard est plus vide que celui d'un animal. La folie les a aspirés, pompés et sucés jusqu'à l'os. Il reste les accidentés de la vie, ceux qui n'ont pas encore tout perdu. Ils vous regardent avec la peur que la démence les attrape par le bras et qu'elle les agrippe, pour ne plus jamais les quitter. J'avais peur de devenir comme eux.

C'était étrange mais j'avais soudain tout oublié de lui. Son odeur, sa peau, sa voix même, je n'y pensais plus. Son abandon m'avait tout volé, il m'avait laissée là, un goût amer en bouche me rappelant que je pouvais sombrer à tout moment. La mort.

Je pensai à maman. Elle qui avait toujours été si forte dans les pires moments. J'eu envie de l'appeler mais il était déjà plus de minuit et elle devait déjà dormir. Dormir si bien qu'elle était peut-être morte elle aussi. J'avais peur. Elle était déjà âgée.

L'angoisse était si forte qu'il me fallut allumer la lumière. Rien n'avait bougé. Fangio avait relevé la tête, il était lové dans la couette, en bas du canapé. Je le serrai contre moi et je pris tout ce qu'il pouvait bien me donner. Sa chaleur, son réconfort, il faisait bien son travail mon petit animal.

Je pensai aux sans-abris qui refusent d'aller dans les dortoirs parce que leur compagnon à quatre pattes n'y est pas admis. La chaleur se trouvait dans cet inséparable duo de vie, bien plus que sous le toit surchauffé d'une salle des fêtes, métro Jaurès.

Sur mon canapé-lit, je me laissai tomber. J'aurais aimé qu'un infirmier me tienne la main et qu'un anesthésiste diffuse goutte à goutte son produit qui fait mourir quelques heures. Une main viendrait déposer sur mon visage le masque qui vous emmène dans des contrées que personne ne connaît et je sombrerais. Je n'aurais plus d'angoisse, plus de peur, tout serait apaisé, enfin.

J'aurais pris n'importe quoi pour adoucir le temps, mais je n'avais pas le courage de prendre des drogues. Et puis de toute façon je ne savais pas comment faire. Pourtant j'aurais rêvé emprunter ces chemins parallèles, pour voir et accéder à un monde que seuls les initiés connaissent. Mais j'avais peur, j'étais bien élevée et surtout j'aurais fait de la peine à maman.

Maman, je prends juste un Xanax je te le promets. Pour supporter. Mais les médicaments ne m'ont jamais laissé un goût d'éternité. Parfois, ils arrivent à vous calmer, en surface. Ils vous aident à ne pas faire de vague en société. À ne pas vous mettre à pleurer n'importe où, vous étendre sur le sol, à ne pas hurler, à ne plus être vous.

Le lendemain matin, je me réveillai avec Fangio sur mon oreiller. Il avait passé la nuit à veiller sur moi, comme pour s'assurer que je m'étais définitivement délivrée de ma camisole et que je n'allais pas recommencer en plein milieu de la nuit.

Armand avait répondu. Il était d'accord pour me revoir mais pas tout de suite. Il avait prévu un séjour entre amis au bord de la mer et me contacterait à son retour. C'était le week-end qui précédait le lundi de son divorce et je savais, malgré ses dires, que cet échec le tuait. Lui, dont les parents venaient de fêter leurs quarante ans de mariage, avait échoué là où eux avaient réussi. J'avais soudain une lueur d'espoir. Quelque chose, un petit rien qui me faisait croire que peut-être tout n'était pas fini. Je lui prêtai soudain toutes les excuses : son divorce, le début de l'automne, la fatigue, le rythme de travail effréné… Tout était bon pour que je me mente.

Je voulais ne plus souffrir et cette nouvelle réalité, dont je semblais beaucoup mieux m'accommoder, avait le mérite de m'apaiser quelques instants.

Mais cette quiétude un tant soit peu retrouvée se dissipa très vite. J'essayai de me raccrocher à nos souvenirs. Ceux que je me figurais étaient si beaux, si doux. Les images de ses mains me venaient en tête, elles me parcouraient et éveillaient tous mes sens. Ses yeux ensuite. Ses yeux me regardaient avec tant de désir et de délicatesse que je ne pouvais croire à une fin. Pas comme ça. Il me désirera encore. Il le faudra. J'y arriverai. Il réussira à m'aimer. J'étais déterminée à ce qu'il veuille de moi à nouveau.

En attendant je devais ressusciter. Il fallait que je me sorte de cette détresse sentimentale. Mais comment ?

Alors, je téléchargeai à nouveau l'application de rencontre. Comme je m'en voulais… Je me détestais. J'aurais voulu briser en mille éclats cet écran dont je ne pouvais finalement plus me passer, mélangeant tout : le virtuel, le réel, l'amour et la baise. Je voulais des hommes par centaines de milliers, à mes pieds, prêts à combler ce vide terrible qui grandissait en moi. Je ne cherchais pas à savoir d'où venait le mal, j'avais simplement besoin que tout cela cesse. Alors je discutais, j'observais ces inconnus derrière mon écran. Je devins d'une exigence folle puisque personne n'était jamais à la hauteur d'Armand. Mon sauveur se devait d'être beau, intelligent, riche et plein d'humour. A défaut il devait s'intéresser suffisamment à moi pour que j'en oublie ma peine.

C'est ainsi que je rencontrai Grégory. Journaliste, 30 ans. Fraîchement parisien, mais marseillais d'origine, prenant un malin plaisir à conserver cet accent sudiste que j'avais en horreur, voire à en forcer le trait.

Dieu qu'il était insipide. Il ne m'intéressait pas. Il avait une petite amie qui vivait à Marseille. Dix ans qu'ils étaient ensemble, mais ça n'allait plus très bien. Je m'en fichais : de lui, de sa vie, de sa petite amie et de tous les castings qu'il faisait passer pour l'émission « Un dîner presque parfait ». Il n'était pas si mal de sa personne, mais totalement dénué de charme. Et lorsqu'il me venait l'audace de lui parler de littérature, ce bougre me demandait de quel milieu social j'étais issue, car lire des livres n'avait jamais été son fort. S'il savait de quel milieu…

J'étais de celui des fins de mois difficiles à partir du 10, des courriers que l'on n'ouvre pas car on sait ce qu'ils vous veulent, des interdits bancaires, des longs dimanches devant Jacques Martin, Maggy et le 20 heures de « PPDA ». Mais j'étais aussi du milieu de la musique, des concerts d'orgues, des récitals de piano, des livres dans la bibliothèque du salon, des cours de peinture, de l'entraide entre voisins, de la débrouille, du paraître pour mieux-être. Mais il ne comprendrait pas.

Je faisais semblant de tout. De m'intéresser, de rire, de charmer.

J'avais besoin de le séduire pour me sentir vivante. Il fallait que je lui plaise, c'en était devenu un défi. J'oscillais entre un excès de confiance en moi et une angoisse abyssale. Je n'aurais pas pu essuyer un refus quel qu'il soit. Je l'avais donc préalablement, et probablement inconsciemment, choisi en vertu de sa seule capacité à m'aimer le temps de quelques heures.

M'aimer, me baiser, je confondais tout.

Au final qu'est-ce que ça pouvait bien changer…

> Ce soir chez toi ?

> D'accord.

Ce samedi-là, je pris le métro jusqu'à République.

Il habitait dans une chambre de bonne dont il partageait les toilettes avec deux autres personnes vivant au même étage.

Il m'ouvrit la porte en tongs.

Je le méprisai. J'avais monté six étages en talons hauts. Je m'étais maquillée, préparée, parfumée. J'étais belle, je crois. J'étais venue pour qu'il me prenne, qu'il me fasse oublier qui j'étais. Mais là, je me retrouvais ancrée dans une réalité que, malgré tous mes efforts, je n'arrivais pas à enjoliver.

— Tu veux boire quelque chose ? J'ai du Pepsi, du rosé…

Chaque phrase m'épouvanta. Il était le contraire d'Armand. Même pas une pâle copie non, il était un générique de générique de médicament. D'ailleurs je n'avais plus de nouvelles d'Armand depuis plus d'une semaine. Était-il rentré ? Oui, sûrement puisqu'il travaillait. Et puis il y avait ce divorce qui avait dû être prononcé. Lui aussi avait des plaies à panser.

— Youhou ! T'es là ? Pepsi ou rosé ?

— Un verre d'eau merci, ça ira.

— T'es sûre parce que…

— Oui, je suis sûre.

Tais-toi. Tais-toi. Fais ce que tu as à faire bon sang.

Et il le fit.

Ce fut un supplice. Sur le matelas qu'il avait posé par terre, devant une rediffusion des *Experts*, entre deux cigarettes. Il se mit à m'embrasser de manière compulsive. Il n'y avait aucune douceur, je ne sais même pas si c'était de la fougue. C'était un désir mal dosé. Une ardeur de jeune puceau, qui maladroitement enlève les boutons de votre chemisier en manquant de les arracher, sans rien découvrir. Il voulait voir mes seins, les malaxer avec l'appétit d'un affamé, la hargne d'un repris de justice pour pouvoir bander encore plus dur. Les lécher à pleine langue. Je sentis son haleine, un mélange de soda et de Marlboro light, et le repoussai dans un mouvement de tête qu'il prit pour du désir.

Je le trouvai bête, gauche, dénué de charme, d'éloquence, de culture. J'eu envie de me débattre, de m'extirper de ce viol que j'avais moi-même organisé. Mais je ne pus pas. J'avais besoin d'aller jusqu'au bout. Sous ses mains courtes et trapues, je lui prêtai ce corps que j'avais déjà un peu quitté. Il me sembla déverser en moi des centaines de limaces, de sangsues venues absorber le regain de vie qui m'avait conduite jusqu'ici. Les larmes coulaient sur mes joues mais il ne le remarqua pas. Il était occupé à plonger ses doigts vigoureusement dans mon sexe, gémissant de désir, observant ma chatte, buvant mes lèvres, se soulageant, fade, morne, et sans ivresse.

Je me détachai de mon corps et je me demandai combien de larmes j'avais versées sans que personne ne le sache. Les pleurs sont faits pour être séchés d'une main aimante puis par un baiser. Seuls les sanglots ont ce goût amer des chagrins de l'enfance. Je me souvins des moments où maman arrivait à me consoler. Lorsqu'elle apparaissait enfin après une journée d'école, lorsqu'elle me tenait la main quand j'étouffais d'une crise d'asthme.

Et il n'en aurait pas fallu beaucoup non, il aurait fallu être là. Qui ? Je ne le savais plus bien.

Lui me fit tourner, me retourna, me secoua encore. Chaque pénétration était un séisme dans ce corps exsangue auquel je tentais d'échapper. Il me faisait mal. Je sentais son sexe aller et venir, me déchirant presque. Lui, sur moi, soufflant fort, râlant bruyamment, m'insultant, hurlant. Son visage informe se dessinait dans l'obscurité tantôt beau sous le coup d'un jeu d'ombres onirique, puis d'une laideur inqualifiable.

Il s'arrêta pour boire. Puis recommença de plus belle.

Avait-il joui ?

Je n'en avais aucune idée.

Mais je ne voulais pas le vexer. Il aurait pu me désaimer. Et puis, je ne voulais pas lui faire de mal, ni à lui, ni à un autre. Il ne le méritait pas. Je ne le croyais pas en tout cas. Il était là, malgré tout. Par moi, avec moi et en moi, et c'était ce qui me faisait me sentir vivante. Je jouai le jeu, je fis semblant. Il y crut surement.

Je laissai mon corps dans cette réalité et pris le large dans mes pensées avec Armand.

Les souvenirs. Les souvenirs sont terribles car ils exagèrent tout, vous sollicitent en permanence, vous bousculent, vous prennent dans leurs bras, vous dorlotent et puis vous laissent, seul. Il n'y a pas de demi-mesure. Pas de « demi-souvenir ». Ces instants m'obligeaient à faire cohabiter deux vies parallèles sans cesse éborgnées par la réalité.

Et puis finalement, il m'importait peu que ces souvenirs soient démesurés, déraisonnés, factices, inutiles, je les vivais tels quels. Je les modelais à l'infini dans mon esprit pour les vivre, les revivre, les prendre, les garder, les sentir à l'infini. Je pouvais ainsi m'arrêter sur chaque image, la prendre, l'agrandir, la distendre, la refaire encore une fois. La rencontre. Cette rencontre avec Armand. Ses caresses, ses baisers, Je les faisais dix fois, cent fois, je les vivais encore et encore. En boucle. Tout était si présent. Je ne me mentais pas.

Peu importe ce qu'il pouvait bien advenir, il avait créé ces histoires fabuleuses qui vivaient en moi. Et pour ça, je lui vouais un amour, une gratitude infinie pour m'avoir fait découvrir à travers son prisme d'éternité mille versions de moi-même bardées de couleurs vertes, jaunes, bleues, indigos, toutes plus belles et vivantes les unes que les autres.

Dans un râle immonde, il finit son coït.

— Ça t'a plu ?

— C'était parfait.

Grasse, mars 1995

Chaque dimanche, je me rendais chez ma grand-mère, Odette. Et je crois qu'à ce jour ne n'ai jamais rencontré une personne plus triste qu'elle. Elle voyait la vie en seize neuvièmes, amputée de tout un pan de réalité par deux bandes noires qui venaient tout gâcher. Elle vivait les volets fermés, les yeux bandés, la fin plus qu'entamée. Je l'appelais « marraine Odette », comme elle me l'avait demandé et comme il était coutume de faire dans la famille. Jamais « grand-mère », « mamie » ou pire encore, « mémé ». Elle voulait cette distance.

Elle n'était ni très âgée, ni malade, ne souffrait d'aucun mal physique et vivait avec ses deux fils pour voisins. Elle n'avait pas de problème d'argent, voyait du monde régulièrement bon gré mal gré, et pourtant, je me souviens de la tristesse gravée sur son visage ; de son corps ramassé sur la chaise en bois du salon et de la main qu'elle portait à son visage, comme une visière qui la coupait des autres et la protégeait de ce monde qu'elle ne supportait déjà plus.

Couchée peu importe l'heure du jour ou de la nuit, souvent toute habillée, elle ne faisait rien d'autre qu'attendre : ma mère, les heures, le docteur. Son appartement, sur la place de l'Église, était si austère qu'on y sentait la mort partout.

Parfois seulement, certains objets venaient rappeler qu'elle avait été vivante, peut-être même heureuse à certains moments. Dans le salon, une chèvre en plastique dodelinait de la tête. Une lampe électrique aux allures de feu de cheminée s'embrasait. Un peu plus loin, un bureau servait de débarras. Il s'y trouvait un encrier que j'avais un jour fait tomber, une machine à écrire qui ne marchait plus très bien, et une bibliothèque remplie d'encyclopédies médicales illustrées que je consultais le dimanche après-midi, ce qui est d'ailleurs idéal pour nourrir une hypocondrie précoce, images de toutes les maladies à l'appui.

Elle ne faisait jamais de cadeau, pourtant, son amour des livres l'avait poussée à m'offrir mes premiers ouvrages. Un sur les chats, l'autre sur les chiens. J'ai regardé ces animaux sur papier glacé pendant des heures et des heures : un félin imberbe, un molosse gigantesque, un chat gris-bleu…. Elle m'avait offert ces livres, sans les signer, sans un mot à l'intérieur, m'indiquant simplement mon devoir d'en prendre soin pour que même après sa mort, je puisse les regarder encore.

La volière de la salle à manger renfermait deux canaris qui, comme elle, laissaient passer les jours depuis leur cage. Il faut dire qu'elle en avait fait le tour de son appartement depuis cinquante ans ! Elle en connaissait toutes les tomettes, les fissures sur les murs, et la vue depuis la fenêtre de sa prison dorée n'était plus qu'un poster dont seul le temps modifiait les couleurs au gré des saisons.

Je me souviens de son visage, son teint livide, ses cheveux blancs, longs, gras, épars, ses traits tombants, et de son regard triste qui ne s'éclairait quasiment jamais.

Les lueurs d'espoir, elle les trouvait lorsque ma mère venait à lui parler d'un de ces hommes qui avait traversé sa vie : un amant de passage, une histoire d'amour inventée, et soudain tout son visage rayonnait. Lui parler d'amour, elle qui était si sombre, si dure, si repliée sur son malheur, suffisait à ouvrir les persiennes de son cœur. Son iris vert et doré pétillait et miracle : elle riait.

Oui ! Elle riait. Ma petite maman riait aussi, et me regardait avec émotion, comme si elle avait voulu me dire : regarde, rien n'est fini, tout est encore possible. Et, surprise par ce regain de vie inattendu, gagnée par l'espoir qui soudain jaillissait, je riais moi aussi.

Tous les hommes qui étaient entrés dans sa vie étaient passés en revue, les uns après les autres, égrainés à coup de surnoms improbables : Jacques, « Meuble » (car il en vendait), « le Belge », le « Docteur Douçot »... Tous ses amants d'antan reprenaient vie à travers anecdotes cocasses, histoires rocambolesques, rires tonitruants. Elle n'était plus dans le sombre appartement place de l'Église, mais en filature dans sa vieille DS, en voyage à Paris, dans les bras d'un amant de passage, à Monaco sur la plage, en Charente, en Normandie, partout sur les routes de France. Elle n'avait sûrement été pour eux qu'une femme de passage. Aucun de ces hommes ne l'avait, je crois, vraiment aimée. Tout du moins pas assez fort pour l'emmener, la sauver de la tristesse, de la dépression, de la mort. Bien sûr, elle les avait divertis et ils en étaient reconnaissants, mais sur la pellicule de ses vieux jours plus personne ne venait partager avec elle le verre de vin qui croupissait sur la table de la salle à manger. Le téléphone prenait la poussière, et les visites étaient toujours les mêmes. Elle avait arrêté d'attendre quelqu'un ; c'est ce qui, je crois, la tuait un peu plus chaque jour.

J'avais trouvé près de son téléviseur toute une série de cassettes VHS des Oiseaux se cachent pour mourir, un feuilleton à l'eau de rose retraçant les choix cornéliens d'un prêtre tiraillé entre ses désirs charnels et spirituels. Ces cassettes, elle les adorait, tout comme sa chanson préférée Pour que tu m'aimes encore de Céline Dion, un titre écrit pour elle semblait-il.

Aujourd'hui, je repense à elle, à sa souffrance et à sa peur panique de l'abandon. Il ne faut pas en vouloir aux gens qui n'aiment pas les enfants, c'est seulement parce qu'ils sont trop neufs, trop beaux, trop jeunes pour comprendre.

Comprendre que lorsque vous portez pour seul vêtement la camisole de votre tristesse, il n'est pas nécessaire de se lever, de se préparer et de servir le goûter aux enfants. Elle ne savait pas que vingt ans plus tard, son image à la fenêtre, nous regardant partir ma mère et moi les dimanches soir de mon enfance, resterait gravée à tout jamais dans ma mémoire. Elle ne savait pas non plus que j'avais déjà compris que l'on peut mourir de chagrin.

Paris, octobre 2014

Quelques heures plus tard, je me retrouvai chez moi, dans ce petit appartement de la rue de Vaugirard. Vidée, lassée, éreintée, je m'endormis sale et habillée sur le canapé du salon. Je fus réveillée au petit jour par Fangio qui hurlait à la mort contre les sirènes d'une ambulance. Doubles hurlements. Je pris ma douche et me délivrai des odeurs d'hier que je ne supportais plus tant elles me collaient à la peau. J'avais la nausée. Cette sensation désagréable d'un dégoût profond de soi, des autres, de tout. La veille m'avait tout de même offert le goût de plaire et grâce à elle, je ne pleurais plus. J'avais le sentiment d'être en état stable, blasée de tout, mais en vie. J'avais obtenu un peu de répit qui, je le savais, ne durerait pas bien longtemps.

Armand ne m'avait plus donné signe de vie, et je crevais de douleur à l'idée qu'il n'en donne plus jamais. Je regardais sans cesse mon téléphone, et lorsque je ne le regardais pas, je pensais au moment où je le regarderais à nouveau. Ce moment où je verrais en toutes lettres « Armand », dans un bel affichage vert sur mon écran. J'avais un emploi du temps plus rempli que jamais. Amis, connaissances, musées, sorties, photos, je sortais dans les rues de Paris que j'aimais tant et il est vrai qu'elle me le rendait bien. Dieu que j'aimais cette ville ! Sans elle, rien n'aurait eu la même saveur. Je me perdais dans ses rues et elle me prenait dans ses bras, me dévoilant sa beauté à chaque passage, chaque square, chaque pavé.

Ce jour-là, je marchai jusqu'à Notre-Dame, que maman adorait. Elle s'y rendait lors de chacun de ses passages à Paris pour prier et écouter les grands orgues sur lesquels elle ne jouerait probablement jamais. Elle voulait toujours rencontrer l'organiste, pour lui dire qu'elle aussi, elle était artiste dans sa petite ville de Grasse. Elle croyait aux rencontres, aux signes, aux destinées. Elle était une indéfectible optimiste. Je marchai sur ses pas. Je fis une prière et vint déposer trois cierges. Le premier pour Maman, pour la protéger, pour qu'elle reste près de moi le plus longtemps possible. Le second pour Armand, pour qu'il revienne. Pour qu'il accepte de me voir ne serait-ce qu'une fois encore. Et enfin le dernier pour dire « Merci » et « Pardon » à la fois, d'être tout ce que je suis et ce que je ne suis pas.

Je me laissais emporter ensuite par l'île Saint-Louis, ses ruelles semblant tout droit venues d'un autre temps, ses glaces merveilleuses, ses vues inégalables. Je m'arrêtai sur un pont où trois musiciens jouaient des airs entraînants devant touristes et badauds, et je me laissai gagner petit à petit par cette atmosphère grisante de vie sur fond de mélancolie. La Seine glissait sous nos pieds, à l'image de tous ces moments qui bientôt n'existeraient plus. Sur les quais, deux amoureux s'enlaçaient sous cette lumière bleutée d'un ciel couvert. J'avais moi aussi été un peu comme eux. On m'avait tenu la main, fait battre le cœur, mais aujourd'hui n'était pas cette heure. Un jour, peut-être, elle reviendrait ?

Le ciel s'assombrit et les prémices d'une terrible averse vinrent disperser tous les protagonistes de ce décor de fin d'été. Je me réfugiai sous le store du *Flore en l'Isle* et sortis le téléphone de ma poche, Armand m'avait écrit, il voulait me revoir samedi.

Tout prit un sens nouveau. Quelqu'un avait entendu mes prières. Je ressentis une joie incommensurable. La mélancolie avait laissé place à une exaltation totale. Le message était clair, bref, concis : il voulait passer la nuit avec moi.

C'est ainsi que le samedi arriva avec cette excitation propre à l'enfance

J'étais à sa merci. Il aurait pu faire ce qu'il voulait de moi. Me réveiller au beau milieu de la nuit, me sommer de venir immédiatement, me faire prendre l'avion – moi qui déteste ça –, me mentir – il le faisait sûrement –, m'humilier, j'aurais été là. Mais pourquoi ? Pourquoi ça ? Pourquoi lui ? J'avais envie qu'il me gifle, qu'il me fasse sortir de cet état. J'aurais voulu retrouver mes esprits, mon pouvoir, mon contrôle. Qui était-il dans une autre vie ? Je me détestais quand je redevenais moi. Mais je pris un taxi, dans la voiture je lui envoyai que je partais, il me demanda dans combien de temps j'arrivais, je répondis que j'étais déjà en bas, tapai les chiffres de son code d'entrée, montai tous les étages, m'arrêtai au troisième pour respirer, puis au sixième pour admirer Paris, pris le long couloir, et le retrouvai enfin derrière sa porte d'entrée. Alors ce fut beau. Cette fois-ci, et toutes celles qui suivirent.

Je vous assure que c'était beau. Non, c'était merveilleux. Des fragments d'éternité qui échappaient à tout ; au temps présent, à la condition humaine, à la mort. C'était cette chose dans l'air qui ne vous laisse pas d'autre choix que celui d'être heureux. Armand me sourit à l'entrée de son appartement, timide, un peu gêné et je ressentais un de ces bonheurs qui vous émeut aux larmes. Je ne sais pas par quel miracle il avait la faculté de suspendre le temps qui habituellement étiole tout. Là, rien ne se dissolvait, c'était la fusion de l'espace, de ses mains, de sa bouche, de ce temps qui ne passe plus.

Ainsi, tout redevenait neuf. Je n'avais donc jamais désiré, jamais respiré, jamais touché, jamais embrassé. La boucle de mes chaussures dégrafée, mes épaules dénudées, mes cheveux détachés, rien n'était plus pareil. Je me fichais bien de ce qu'il avait pu faire, s'il voyait d'autres femmes : ces instants fabuleux n'appartenaient qu'à moi. De la manière la plus égoïste qu'il soit. Elle était là, la sève de la vie, et je plaisir à en distiller chaque goutte. À en extraire l'essence même, si puissante, qu'elle devint le parfum de mes plus beaux jours. Renfermée dans le petit flacon de mes souvenirs, je n'avais qu'à soulever le couvercle de mes pensées pour que cette ivresse m'enivre. L'art, la musique, la littérature et l'amour sont autant de persiennes sur l'éternité. Et si le *Clair de Lune* de Debussy, la lumière d'un Monet, l'instantanéité d'un Hopper ou l'exactitude des sentiments de Proust me rapprochent chaque fois un peu plus du divin, Armand était à lui seul un peu tout cela à la fois.

Je ne lui dirais jamais que je l'aimais, que j'étais folle d'amour pour lui. Dire « je t'aime », c'est attendre, et je ne voulais pas que mes sentiments le gênent. Je l'observais s'épandre, se disperser, vivre sans contrepartie. Encourageant sa liberté plus que tout. Parfois, alors même qu'il était avec moi, son téléphone sonnait, et sur l'écran s'affichaient une multitude de messages : il ne répondait jamais.

Avant de baiser mes pieds, mes lèvres, mon corps tout entier, Armand me parlait, m'écoutait et me regardait. Fou de désir. Il souriait, je le faisais rire. Sur son canapé, je bougeais mes pieds, serrais les poings comme une enfant intimidée par son professeur. Lui, conscient de son pouvoir sur moi, faisait durer ces moments. Jamais je ne l'ai embrassé en premier. J'attendais. J'attendais qu'il le décide et ne tenant plus, le besoin de m'embrasser devenait soudain irrépressible. Les pupilles de ses grands yeux verts, ses cheveux denses, bouclés, poivre et sel, son nez court et ses lèvres charnues s'approchaient de moi. Lentement, je sentais son souffle chaud envahir mon corps. De sa main gauche il caressait ma cuisse, doucement, tout doucement. Comme s'il avait voulu sentir se contracter chacun de mes muscles. Je me raidissais. Mes seins devenus durs se dressaient en étendard et mon sexe, trempé, attendait l'ordre de ses commandements.

Il me pénétrait. De ses doigts, de sa langue, de son sexe. Sans me quitter des yeux, je devais prendre mon plaisir, jouir pour qu'il puisse jouir à son tour. Il se faisait plus violent, plus rude, m'insultait, me faisait répéter qui j'étais, ce que je voulais. Dis-le. Encore.

Je jouissais. Plusieurs fois. Pendant qu'il me maîtrisait de toute sa force, de toute son intensité. Je le voyais, si beau, me prendre avec ardeur. Un état orgasmique avait pris la place de mes angoisses et se prolongeait dans de longues minutes d'absolu.

Une fois nos ébats terminés, la magie se dissipa. Le désir s'évanouit en un instant et la passion s'évapora, laissant place à un sentiment de malaise bien reconnaissable, propre à ces retombées de plaisirs intenses. Une gêne timide, comme si après cette fusion des corps, nos esprits devaient à nouveau faire connaissance. Je compris qu'en dehors de ces phases d'amour compulsif, nous n'étions que deux étrangers. Deux inconnus perdus dans cette immensité qu'on appelle la vie, et dont les routes s'étaient miraculeusement croisées un jour de septembre sur le grand boulevard d'Internet.

Je gérais avec difficulté cette redescente des sens où soudain le sublime laisse place à deux corps mornes, suants, âpres et bedonnants. La vulgarité occupait peu à peu l'espace puis la pièce toute entière. La communion de nos chairs, si belle, parfaitement millimétrée, calibrée pour la jouissance n'était plus. Son corps gisant sur le canapé du salon me gênait, son sexe flasque avait déversé son sperme sur mon dos, mes cuisses adipeuses, mon corps lourd. Armand ne me parlait plus, je savais que je n'étais plus belle désormais. Mon être si désirable quelques minutes auparavant devenait encombrant, chacun de nos gestes se faisait maladroit et nos paroles embarrassantes. Les mots étaient mal choisis. De toute façon y en avait-il vraiment qui fussent appropriés ? Ma présence même était inadéquate. Tout était la faute d'Internet. Je n'aurais jamais dû être là. Je l'étais par une mise en scène grotesque, à mi-chemin entre une tragédie grecque des temps modernes et une pièce de Boulevard médiocre.

Internet.

Là où tout commence et rien ne finit. Le monde entier en pleine face, sans préavis. L'abondance, l'orgie des sens, d'informations, d'âmes errantes. Internet est si cruel puisqu'on y libère la parole tout en n'assumant rien. On y avance masqué. Il n'y a plus de facture à payer, plus de bris à ramasser. C'est un cimetière de responsabilités, terrassé par une jungle d'égos démesurée. Internet est un placébo pour ceux qui comme moi, ont la maladie de la solitude, le trouble de l'abandon, le syndrome panique de la mort. C'est une source inépuisable de joie et de déception. Bonheur, de voir les gens se lier, alors même que tout les sépare. Angoisse des dérives, des extrêmes, de ce temps accéléré. Internet a décuplé la palette des travers et multiplié la consommation de personnalités à la vitesse de la lumière.

Allongée, je fermai les yeux. J'avais vécu cinq ans, dix ans, cent ans. J'avais traversé les émotions, les silences, les sensations, les terreurs, les retrouvailles, l'amour fou, la peine et le chagrin terrible.

Lorsqu'il le décidait, je dormais parfois avec Armand dans ce canapé déplié, comme celui de la rue de Vaugirard, et ma présence à ce moment-là lui faisait du bien je crois. J'essayais en permanence de présenter la meilleure version de moi-même. J'étais drôle, fraîche, assurée, libre, indépendante, attentionnée. Tout cela me demandait un effort colossal. Je travaillais ardemment à essayer de devenir indispensable et il le savait. Il me laissait dormir près de lui. Lui qui ne m'offrait rien m'accordait ces nuits dorées. Mais certains jours, comme celui-là, je savais qu'il ne voulait pas de moi. Et à présent je cherchais à m'extirper de cet appartement qui n'était pas le mien mais que j'aimais tant. Il prétexta une audience le lendemain. Il devait travailler une bonne partie de la nuit. Je ne sourcillai pas et pris un taxi.

Entre Paris et Cannes, décembre 2014

Décembre. Je rentrais dans ma Provence, chez maman. Elle m'attendait religieusement pour toutes les fêtes saintes. C'était le passage obligé, et chaque fois la même chose. Ce départ Gare de Lyon avec l'angoisse de quitter Paris, mon cloître de la rue de Vaugirard, Aurore, Armand et les autres. Cette appréhension terrible m'envahissait toujours une fois montée dans l'appareil d'acier, juste avant le départ. L'envie de sortir, d'un coup. De dire : « Je ne peux pas, je ne peux pas partir. » Hurler, frapper à la porte, pour qu'on me laisse descendre. Une insensée faculté à se battre, se débattre même contre soi. Perdre pied.

J'ai une peur panique des transports, de ces choses qui m'emmènent et décident à ma place, ne serait-ce que pour quelques heures, sans que j'aie mon mot à dire.

Être embarquée, ne plus s'arrêter, être dépourvue d'influence, sans pouvoir changer le cours des choses : c'est pour moi une promesse de mort. Je n'accepte aucune fatalité. Je veux pouvoir tout changer, tout décider, tout gâcher s'il le faut. Mais je veux en être la seule et l'unique instigatrice.

Et puis il y avait maman. Et ces fêtes de Noël.

Je mourais d'angoisse les premiers quarts d'heures. Je pensais successivement à aller voir quelqu'un, un contrôleur, n'importe qui, puis lui dire qu'il fallait s'arrêter et me laisser là. En pleine banlieue.

J'aurais appelé Armand et lui aurais avoué mon amour puisque je me sentais désormais proche de la mort : il devait savoir. J'allais mourir et c'en serait fini de tout ça. Maman serait terrassée par le chagrin, tout le monde viendrait à mon enterrement, on entendrait les grands orgues jouer *Le Clair de lune* de Debussy. Non, *Lacrimosa* de Mozart, c'est plus dramatique. On finirait par dire « elle était jeune », « elle avait la vie devant elle, quel gâchis ! ». Puis on m'oublierait.

— Excusez-moi, mademoiselle, votre chien mange mes lacets de chaussures.

— Fangio ! Pardonnez-moi, monsieur, j'étais dans mes pensées...

— Pas de problème ! Il est mignon comme tout ! Comme sa maîtresse !

Et lentement, petit à petit, l'angoisse se dissipait. Chacun de mes muscles se relâchait, je fermais les yeux quelques instants, et déjà Maman m'appelait, pour savoir si j'étais bien partie, et donc si j'arrivais bien cinq heures plus tard. Oui. Je serais à Cannes à 12 h 26, comme prévu. J'ai hâte de te voir ma chérie. Moi aussi, maman. Moi aussi.

Je regardais Fangio assis près de moi, il remuait la queue, ce qui voulait dire en langage de chien, « je le sais bien, tu vois ça se passe bien, tu n'as rien à craindre ». Et ainsi nous aurions pu traverser la France et même toute l'Amérique s'il avait fallu. Des kilomètres de plaine, de verdure, de champs de tournesol, de colza, de vaches aussi. La brume épaisse et dense venait flouter cette peinture et l'on ne savait plus bien si on était sur terre, en mer ou dans les airs. C'était le froid, les villes enneigées, les déserts d'hiver. Le silence. Uniquement le bruit lancinant du train lancé à toute vitesse sur ces rails gelés.

Plus les heures passaient, plus le ciel s'éclaircissait. La lumière froide et feutrée des plaines embrumées avait laissé place à un bleu éclatant. Chaque mur jaune, orange, ocre reflétait ce soleil qui adoucirait n'importe quel hiver. Jusque sur les toits, les tuiles semblaient plus resplendissantes.

Marseille. Je pensais à Marcel Pagnol. Aubagne. Puis Toulon où j'avais vécu quelques mois l'une des périodes les plus déprimantes de ma vie. Les HLM défilaient et je pensais à ces gens qui y vivaient et voyaient passer le train depuis leur balcon. Qui étaient-ils ? On ne se rencontrerait probablement jamais. Alors comment se faisait-il que je t'avais rencontré toi, Armand, par un mauvais hasard, une erreur d'Internet ?

Les arbres nus se découpaient nettement dans cette Provence qui avait bercé toute mon enfance. Puis la mer, enfin. Saint-Raphaël. Sa baie de roches rouges qui laisse apparaître la Méditerranée, bleue, limpide. Cette mer qui vous promet tout, emplit votre cœur d'une immense chaleur, celle de vos racines, du retour chez soi, à la maison.

La gare de Cannes a l'air de tout, sauf d'une gare. Propre à tout ce que cette ville du sud à de plus atypique, elle est petite, charmante, propre et l'on s'y sent déjà en vacances quelle que soit la période de l'année. Elle marche au ralenti, annonce les TER vers des destinations où personne ne travaille : Monaco, Menton, Vintimille, et les trains pour Paris, synonymes d'un autre pays pour les gens d'ici. Je longeais les quais, soulevais ma valise dans les escaliers, la faisait rouler dans l'unique couloir qui mène à la sortie et apercevais Maman.

Elle m'attendait toujours. Dans sa voiture, devant la gare, en double file, se faisant klaxonner depuis au moins quinze minutes. Je mettais ma valise dans le coffre, montais à l'avant et tandis qu'elle me donnait un sandwich, l'écoutais dire que les flics avaient voulu lui mettre une amende. Je lui disais que ce n'était pas ma faute si elle arrivait toujours une heure avant, elle roulait, manquait la sortie, rattrapait son chemin, puis nous dirigeait toutes les deux vers Grasse, dans l'arrière-pays cannois. Au feu, elle me scrutait minutieusement. Mes vêtements, mon maquillage, « oh, ce joli rouge à lèvres ! », « ces longs cils ! », « tu es belle… ». Je posais ma tête contre son épaule et la vie m'apparaissait soudain comme une douce évidence.

Sous un morceau d'aluminium, le repas du soir m'attendait à la maison. Elle l'avait préparé en fin d'après-midi et déjà disposé sur la table, avec dans une petite assiette, un peu de pain et plus loin, un bout de fromage. Elle demandait ensuite si j'avais vu le chat, je répondais qu'il avait encore grossi, ce qui l'intriguait car il ne mangeait, soi-disant, presque rien.

Je lui parlais d'Armand, elle l'appelait « l'Avocat ».

Je n'avais plus de nouvelles de lui depuis plusieurs jours. Depuis cette énième soirée chez lui où, dépité, il s'était mis à pleurer pour une raison que j'étais censée ignorer alors qu'elle me sautait au visage : je n'étais simplement pas celle qu'il attendait.

Ce soir-là, comme à mon habitude, j'avais monté les escaliers en m'arrêtant souvent pour ne pas paraître trop essoufflée. Le sourire aux lèvres espérant trouver Armand dans l'entrebâillement de sa porte, je fus rapidement déconfite lorsque je m'aperçus que cette dernière était entrouverte sans que personne ne m'attende derrière. J'entrai dans l'appartement en manteau rose bonbon, portant une capeline et une robe noire, mes jambes moulées dans de jolis collants plumetis, surplombées par deux escarpins à tête de chat. J'avais quinze ans tout au plus. Dans son salon, Armand était là.

— Ah, salut. Ça va ? Assieds-toi.

Armand ne remarqua rien. Ni le manteau rose, ni le chapeau, ni les escarpins à tête de chat. Il fixait son téléphone portable, attendant machinalement une réponse qui visiblement tardait à arriver quand soudain :

— Putain mais ce n'est pas vrai, c'est pas vrai, il peut pas me faire ça !

Je ne savais pas qui était l'auteur de cette terrible missive, ni ce que « ça » voulait dire. J'avais enlevé mon manteau ainsi que mes chaussures et n'étais désormais vêtue plus que de noir, ce qui me semblait être davantage de circonstance.

— Que se passe-t-il ? osai-je.

— Il se passe que je n'ai plus de vacances de Noël. Je ne pourrai pas voir ma fille à cause d'un client mécontent qui veut un rendez-vous le 24 décembre ! Tout est à refaire ! Je vais y passer des heures ! Je suis coincé ici !

D'un bond, il se leva du canapé et partit s'enfermer dans la salle de bain. Je l'entendis depuis le salon ouvrir les portes des tiroirs, fouiller dans des boîtes en carton et en sortir des tablettes de médicaments. Il détachait quelques pilules et les avalait d'un trait sur fond de cascade d'eau de lavabo. Malgré le bruit, j'entendais son souffle court. Ses sanglots. Je savais bien que l'annulation de ses vacances n'était pas l'unique raison de sa peine. Il divorçait et disait au revoir à une femme qu'il avait sûrement beaucoup aimée, il aurait probablement encore voulu la voir, la toucher, l'adorer. Et à sa place, il y avait dans le salon cette fille de dix ans de moins que lui, au manteau rose et aux escarpins à tête de chat.

Je ne bougeai pas. Je restai immobile derrière cette porte qui le séparait de moi. Lui d'habitude si beau, si fort, s'occupant seul de sa fille les jours où parfois il n'en pouvait plus de travail. Lui qui m'avait congédiée sans le moindre remord, lui qui ne voulait pas des sentiments que je pouvais lui porter, lui si dur, si froid, s'écroulait soudain devant moi. Nous étions en réalité les mêmes. C'est pourquoi je l'aimais tant.

Cette sensibilité percée en plein jour m'émut profondément. Ce qu'il était touchant dans sa tentative de cacher sa peine, bricolant je ne sais quoi dans la salle de bain, comme j'aurais pu le faire moi aussi. Derrière cette porte, il m'apparut plus doux que jamais, plus proche de moi que n'importe quel autre à cet instant. Je pris conscience du rôle qu'il m'avait attribué dans cette relation qui n'en était pas une. Ses textos impromptus « *merci pour cette nuit* » devenaient en réalité *« merci d'avoir été présente lorsqu'il n'y avait plus personne »*. Non, il ne m'aimait pas comme il avait pu aimer sa femme, comme il avait pu aimer les autres.

Mais il avait besoin de moi pour l'aider à ne plus panser seul ses plaies. J'étais un bandage, une bouteille d'oxygène, un verre qu'on donne à un alcoolique, la béquille d'un infirme, le chocolat qui fond dans la bouche, le baiser d'une mère sur la joue.

Il sortit de la salle de bain, je fis mine de rien.

— Pardonne-moi. Tout ça est si… impudique. Surtout devant toi, enfin c'est vrai quoi, on ne se connaît finalement pas plus que ça…

— Il n'y a pas de problème ne t'inquiète pas, je comprends. Tu préfères que je m'en aille peut-être ?

— Oui. C'est peut-être mieux en effet. Je suis désolé. Excuse-moi. Je ne voulais pas que tu me voies dans cet état.

— Tu as pris des médicaments, je t'ai entendu.

— Oui, mais rien de méchant, ne t'inquiète pas.

— Tu es sûr ?

— Oui.

J'allai dans la salle de bains et vis la boîte de Xanax à moitié refermée. Puis je retournai dans le salon et tandis qu'il ne me regardait pas, déposai mon cadeau de Noël sous le sapin qu'ils avaient décoré de quelques modestes décorations sa fille et lui. Un livre que j'avais choisi comme une promesse : *La Vie devant soi* d'Émile Ajar.

Je m'apprêtai à partir et pour la première fois, le pris par la main pour l'attirer vers moi et le serrer dans mes bras. Comme un enfant. Un tout petit. Je sentis son corps se raidir d'angoisse à l'idée de se laisser aller, d'ouvrir les vannes. Il ne bougeait pas. Puis soudain, il m'entoura de ses bras. Lentement d'abord. Puis entièrement. Complètement. Jusqu'à me serrer fort contre lui. Dieu que moi aussi j'avais envie de pleurer…

Cette étreinte passée, je me reculai dans un mouvement de côté pour ne pas qu'il s'aperçoive que mes yeux étaient de la même couleur que les siens.

— Reste, s'il te plaît.

Et j'étais restée. La nuit entière à l'aimer.

— Il est dépressif ce type !

— Maman…

Ma mère avait toujours raison. Dans ces quelques mots, elle avait compris que je n'étais qu'un pansement qu'il ôterait une fois sa plaie cicatrisée. Elle avait peur de me voir souffrir à nouveau.

— Quand tu es triste, je le suis aussi, ma chérie, tu le sais.

— Je sais, maman. Mais là, je ne suis pas triste, c'est même tout le contraire. Et si nous aussi nous préparions le sapin ?

— Je l'ai acheté ce matin, un beau, blanc, floqué. Sors les décorations, elles sont dans le débarras dans l'entrée. Ça va être superbe !

— Je t'aime, maman.

— Moi aussi, ma chérie.

Grasse, décembre 2014

Chaque année, ma petite maman disposait d'un emploi du temps surchargé pendant les fêtes de Noël. Quelques heures avant la cérémonie, nous allions toujours répéter les morceaux et les chants qui étaient joués ce soir-là. Du haut de sa tribune nous toisions les gens tous venus animés de bonnes intentions. Elle me présentait quasiment à chacun d'eux.

— Vous connaissez ma fille Réjane ? Elle habite Paris.

Bien sûr qu'ils me connaissaient ! D'une part, s'ils avaient encore la chance d'être vivants, ils m'avaient vue l'année précédente, et d'autre part, ils avaient certainement eu droit à ce que ma mère leur relate le moindre de mes faits et gestes, amplifié, amélioré, enjolivé.

Mais déjà la musique retentissait. Cette musique qui depuis toujours, dans ces temps où je n'existais pas encore, illuminait déjà la vie de Maman avant d'éclairer la mienne.

Je la voyais là, près de moi, ayant tant vécu… Et l'imaginais cinquante ans auparavant, toute petite dans son tailleur bleu ciel, ses doigts filant sur le clavier d'un Steinway. Il me semblait entendre chaque note prendre son envol sous la voûte de l'opéra de Nice avant d'atteindre le cœur d'un public conquis. Parmi toutes les personnes applaudissant les candidats ce jour-là, nombreux étaient les proches venus acclamer avec fierté leur progéniture. Pourtant, les seules personnes présentes pour ma chère maman étaient un couple de voisins, M. et Mme Paulin, qui pendant des années avaient soutenu son talent que ma famille ne comprenait pas. Ses parents, ses frères, peu intéressés, étaient absents lorsque le jury acclama sa prestation, qu'elle monta sur scène au bord des larmes et vécut l'un de ces instants qui marquent toute une vie.

Je ne faisais pas partie de ce monde en 1963, mais je la revois jouer lorsque j'étais gamine sur notre piano des morceaux de Chopin, Bach ou Fauré, et entrer dans ce monde dont la musique est le seul langage. Je me souviens avoir vu s'animer son corps tout entier, d'abord ses doigts caressant les touches, puis son port de tête gracile qui suivait la mélodie au rythme de ses poignets et enfin son regard, tellement habité. Elle était à mes côtés et pourtant si loin déjà. La musique transgresse la réalité pour vous emmener vers un ailleurs où le temps et les autres n'existent pas.

Ah qu'ils étaient loin alors, les problèmes d'argent ! Les mois d'hiver et la pluie sur les carreaux du salon ! La nuit tombante et la cocotte-minute sifflante, le chat dormant, si sage, et la chaude odeur du potage… Soudain, ce soir de Noël me semblait éternel, les années défilaient, 1990, 1995, 2000, quelle importance vraiment ? La musique est un aller simple vers l'au-delà pour le commun des mortels. À ses côtés, je m'inventais mille histoires, je prenais d'un coup tous les visages sous les martèlements des notes. J'étais à mon tour animée par sa force et rejouais dans ma tête ces centaines de notes en partageant égoïstement un peu de son génie.

Je faisais avec elle cette grande traversée sur la mélodie de la vie où coulent les joies, les peines, le calme et la tempête.

Souvent j'admirais cette apparente légèreté avec laquelle elle sillonnait si habilement entre les épreuves. La musique était sans conteste l'une de ses solides béquilles pour lutter contre la morosité de la vie, mais quelque chose d'autre, de tout aussi insaisissable, sommeillait en elle.

Je crois que les plus belles choses dans ce monde ne se maîtrisent pas. Un jour riche et l'autre pas, j'ai appris à ne rien posséder pour la vie, à ne rien envier à autrui mais au contraire, à ressentir les émotions, suivre mes intuitions et ne pas toujours tout vouloir contrôler.

Ma mère a toujours eu la foi, cette croyance en une entité divine indéfectible, dont la présence est inaltérable et la générosité sans limites. Ainsi, pour les plus grands drames comme pour les aléas de tous les jours que l'on ne peut maîtriser, elle s'en remettait à Dieu. Tout ne dépendait plus d'elle, ni de moi, ni de qui que ce soit. Peu importe que l'on y croie ou pas, cette ferveur, et cette faculté à faire confiance de tout son être à une force divine est pour moi la plus belle chose qui soit. Cette conviction qu'Il ne nous laissera pas tomber et que tout peut arriver est une promesse d'optimisme si belle que je ne peux me refuser à la croire, moi aussi.

Je me sentais emplie d'une joie profonde, d'un bonheur innommable, d'une complétude parfaite. Qu'importaient Armand et tous les autres. Il y avait là maman, Noël et les grands orgues. C'était tout ce qui comptait désormais.

Autoroute A4, 25 décembre 2014

Le jour de Noël, nous partîmes rejoindre le reste de la famille qui résidait en pleine Camargue, et partagions la voiture avec mes deux neveux dont seules quelques années nous séparent. Tous les quatre, nous roulions à travers les routes désertes d'un vingt-cinq décembre après-midi. Sur cette grande autoroute du Sud, nous quittâmes Grasse pour voir défiler ces paysages de Provence qui me sont si familiers. Nous rîmes beaucoup. Je ne sais plus pourquoi. Peut-être parce que mon neveu, Jo, conduisait et que ma mère faisait des remarques à côté. Ou bien parce que nous étions simplement heureux d'être ensemble.

Nous nous arrêtâmes sur une aire d'autoroute pour boire un mauvais café et acheter quelques sucreries aussitôt dévorées. J'adore les aires d'autoroute et leurs odeurs de frites et de steak hachés striés. Elles ont ce don de mêler joie des voyages et mélancolie des départs comme si elles avaient gardé l'empreinte de tous ces gens de passage. Elles sont synonymes des vacances, du temps qui passe, des bonheurs fugaces. Il faisait beau ce jour-là, un de ces jour d'hiver si doux que l'on se souvient que le manteau est nécessaire seulement quand le mistral vient vous rencontrer le soir.

Ces retrouvailles familiales suffisaient à me procurer un bonheur léger. Depuis toujours, j'avais appris à ne pas penser au lendemain. Souvent pour éviter un souci financier, ma mère me rappelait consciencieusement qu'on ne savait jamais de quoi demain serait fait. Ainsi, je ne devais pas me préoccuper de ces jours lointains qui n'existaient pas et n'existeraient peut-être jamais, qui sait ? L'avenir m'avait toujours semblé être un concept flou auquel il ne fallait pas confier trop de soi, au risque de voir ses illusions vite tomber en éclats. Le futur, aussi insaisissable qu'il soit ne m'intéressait pas. J'avais besoin d'instantané, de prêt à consommer.

Pourtant, ce jour de Noël, je me sentis envahie d'ondes délicieusement bienveillantes, en proie à tout un tas de perspectives nouvelles. Je me trouvais face à l'un de ces rares moments où j'arrivais à lâcher prise et faire confiance à l'avenir quelques instants seulement.

— Où est Jo ?

— Il est au téléphone, maman.

— Avec qui ?

— Comment veux-tu que je le sache !

— Sa petite chérie !

— Maman…

— Toi, des nouvelles d'Armand ?

— Non.

Armand finit par m'écrire, dans l'après-midi, alors même que nous étions sur les routes ensoleillées du Gard. Il avait réussi à s'arranger avec son employeur et avait pu venir passer quelques jours à Nice auprès de sa famille. Ce que j'aurais aimé le croiser ! J'aurais tant aimé le voir dans notre région natale, l'air de rien, par hasard : place Masséna, sur la promenade des Anglais, il était à seulement quelques kilomètres de moi. Dans cet ailleurs, loin de Paris, les choses auraient peut-être été différentes…

Le jour tombait et déjà nous arrivions tous les quatre chez mon frère à Calvisson, dans sa jolie maison de pierres où, l'été, les rosiers grimpants envahissent les murs de l'entrée. En sortant de la voiture, nous sentîmes l'air frais venir caresser nos joues. Le berger allemand aboya pour signaler notre arrivée et devant le portail, on entendit le son du gravier crisser sous les pas de celui qui venait à notre rencontre. Mon frère, sa femme, ma sœur, mes neveux et nièces, les beaux-parents. Embrassades, grandes tablées, cadeaux à déballer, champagne, huîtres, musiques, plaisanteries, souvenirs, parties de tarot, éclats de rire, imitations à couper au couteau.

On fabriquait des souvenirs, qui dans dix ans, on le savait, nous animeraient encore. Dans ces instants de bonheur éphémère, j'étais toujours saisie de mélancolie. Je me demandais combien de Noël nous passerions encore tous ensemble sans que la mort ou la maladie ne viennent emporter l'un d'entre nous. C'était mathématique, statistique même. Alors il fallait saisir ces entractes dont la vie nous faisait grâce. J'emmagasinais ces instants dans mon esprit comme les billes de mon enfance stockées dans la boîte à gâteaux en aluminium. Des *bigarreaux* bigarrés, des billes de nacre scintillantes, des couleurs par centaines de milliers que je prenais soin de ne jamais abîmer.

Comme ces souvenirs, elles n'appartenaient qu'à moi.

Paris, 30 décembre 2014

Nous étions de retour à Paris, Fangio et moi. Arrivée dans mon petit appartement, j'avais monté sur cinq étages ma valise encore chargée de souvenirs et de cadeaux de Noël. Dans le salon, il ne faisait jamais nuit, et en cette période moins encore. Les illuminations de fin d'année scintillaient sans cesse, tel un stroboscope éclairant, l'espace d'une demie seconde, les murs devenus gris du salon. Dans l'évier, une assiette et des couverts attendaient d'être lavés. La table basse en verre du salon était bancale, il manquait une roulette, ce à quoi nous avions remédié, Aurore et moi, grâce à une pile de livres et de magazines en tous genres. La télévision était pleine de poussière, de toute façon elle ne marchait plus, et mes bottes étaient jetées près du canapé Ikea dont le revêtement à carreaux noir et blanc est sans doute le plus hideux qu'il m'ait jamais été donné de voir.

L'année 2014 prenait fin le lendemain et je me demandai si je me souviendrais encore longtemps de ces mois passés auprès d'Armand. Je déteste les réveillons, les premiers de l'an et toutes ces mondanités forcées, cette obligation d'être festif, gai, enjoué, ivre. Mais tous les prétextes auraient été bons pour voir Armand et passer la nuit auprès de lui.

J'avais en tête notre dernière soirée. Les larmes d'Armand que j'étais venue sécher. Ces larmes qui avaient fait tomber les barrières de cette froideur qu'il s'efforçait de maintenir pour ne pas que je m'attache. Il avait peur que je l'aime, sans doute trop, maladroitement. Et il avait raison. Ces larmes avaient attisé mon amour pour lui, il savait que comme une vipère, j'étais prête à m'engouffrer dans n'importe quelle brèche. Que sa vulnérabilité devenait l'une des meilleures cartes de mon jeu de fin stratège. Et il était hors de question qu'il cède. Il fallait qu'il me remette à ma place. Qu'il donne un coup de pied dans la fourmilière. *Vlan !* Une bonne claque en plein visage, il fallait que je perde cette once de confiance que j'avais gardée. Comme si je lui avais dérobé quelque chose.

Et c'est exactement ce qu'il fit.

Le lendemain, jour de la Saint-Sylvestre, je n'avais rien de prévu. Rien.

Aurore m'avait bien proposé de venir à je-ne-sais quelle fête, j'avais bien quelques amis chez qui je pouvais passer le temps, mais je n'en avais pas envie. Je tentai le tout pour le tout et envoyai un message à Armand. J'inventai que ma soirée était tombée à l'eau pour une raison obscure : la maîtresse de maison avait été prise d'une gastroentérite aiguë et fulgurante. J'étais donc bien embêtée, mais par conséquent, entièrement disponible, s'il s'avérait, que lui aussi, l'un de ses hôtes se trouvait passablement dérangé.

Sa réponse ne se fit pas attendre.

> Réjane, (il commençait souvent ses messages en citant mon prénom, ce que je prenais pour un tic à caractère paternel, un truc à tendance moralisatrice qui avait le don de me mettre hors de moi) Je suis invité ce soir chez un couple d'amis, quelque chose d'assez guindé... Je t'aurais bien proposé de venir mais certains ont déjà entendu parler de toi, ils savent que ce n'est pas sérieux, et je ne peux pas me permettre de te présenter à tout le monde, ça serait mal venu. J'espère que tu trouveras une soirée de secours, bises.

Le couperet était tombé. Humiliant. Cinglant.

Et les dernières minutes de l'année finirent par passer. Entre coupes de champagne, bûches au praliné, saumon fumé, décompte hurlé, embrassades attendries, sincères, incongrues, mièvres, surjouées. Tout le monde avait formulé une myriade de souhaits et de résolutions temporairement déterminées mais tout aussi rapidement oubliées. J'appelai maman à minuit passé, elle s'était endormie. J'étais, comme chaque année, la première à lui souhaiter.

J'aurais voulu être près d'elle à cet instant et lui prendre la main.

Combien d'années traverserons-nous encore elle et moi ? Je savais que tant qu'elle serait là, je pourrais braver toutes les tempêtes, je ne connaîtrais aucun naufrage, aucune défaite.

— Bonne année, maman !

— Bonne année, ma chérie !

J'attendis sur mon téléphone le message d'Armand, parmi toutes les chaînes impersonnelles qui vous inondent de bons sentiments préfabriqués et de résolutions sous vide. J'attendis ce message de « Bonne année », ce message idiot qui ne vint jamais.

Paris, 1er janvier 2015

Je commençai cette nouvelle année en me réveillant seule dans mon canapé aux lattes cassées.

J'avais peur, par superstition, que cette journée ne soit les prémices d'une terrible année à venir. J'aurais voulu me détacher d'Armand et je m'y affairais chaque jour, chaque heure, chaque seconde. En vain.

Parfois il m'arrivait de rêver de lui, ce qui me plongeait dans une profonde béatitude jusque tard dans la journée. Ces songes n'étaient qu'une succession de caresses, de plaisir et d'amour euphorique sous Tranxène. Mon esprit me dupait gentiment, me donnant un instant ce que je voulais exactement. Dans cette nouvelle réalité fugace, j'atteignais des sommets de plénitude.

Je me souvenais avoir croisé quelques jours auparavant une connaissance qui fut un temps une amie. Il faut dire qu'à une certaine époque, je la côtoyais tous les jours, un parcours universitaire similaire nous ayant conduites sur les mêmes chemins de la vie, et nous nous étions trouvées là, dans un travail sans grand entrain.

Pour combler l'ennui, et parce que nous étions jeunes, nous avions partagé des déjeuners sur le pouce, testé les restaurants du quartier, multiplié les *afterworks* et grâce à elle, j'avais été initiée aux premières soirées de couples. Elles se passaient chez elle, chez une autre, dans un bar à tapas. Il fallait amener le dessert, des fleurs ou une bouteille de vin. Critiquer tout et n'importe quoi était l'activité principale et l'alcool aidant, les sujets devenaient vastes, flous, lubriques.

J'étais, je le crois, appréciée. Je me démenais en pitreries, blagues et imitations en tous genres, tournant parfois, souvent même, au ridicule. Tout le monde riait, surenchérissait, et le sentiment d'avoir passé une agréable soirée était comblé. Chacun pouvait ainsi retourner à sa vie, son travail, ses projets, trouvant sa vie plus intéressante que celle des autres.

J'en ressortais toujours avec un sentiment d'exclusion notoire.

Je me souviens que lorsque je rentrais de ces soirées, je plongeais dans une féroce solitude. Je vivais avec quelqu'un qui ne m'aimait déjà plus depuis longtemps, un amour de jeunesse en état de mort clinique que je m'efforçais de maintenir de peur de le débrancher, ce qui nous aurait fait perdre la vie à lui – et à moi, surtout.

Et pourtant, je me sentais hors des murs, hors du temps. Je n'avais pas de projet de mariage, de bébé. Je ne cherchais pas de nouvelles amitiés, d'appartement à acquérir, de prêts sur trente ans. Je voulais de l'instant, des sentiments exacerbés, de l'extase.

Je m'imaginais tour à tour tromper toutes ces épouses en devenir, en couchant avec leurs futurs maris, puis partir. Sans que personne ne le sache. Je n'avais jamais connu ce carcan ouaté dont elles semblaient ne plus jamais vouloir se dégager. Moi, je n'étais vivante que dans la nouveauté. J'avais besoin de tout perdre pour me réveiller.

En ce jour de janvier, mon ancienne amie sembla heureuse de me croiser, elle me demanda de mes nouvelles depuis tout ce temps passé. Elle s'était mariée et venait d'accoucher de son deuxième bébé.

Je la félicitai, elle reçut mon compliment avec fierté. J'étais heureuse pour elle.

Mais à vrai dire, d'un certain côté, je m'en moquais, j'avais rangé depuis bien longtemps dans ma mémoire ce passé qui ne correspondait désormais à plus rien de ce que j'étais. Je continuai mon chemin et pensai que j'avais de la chance d'aimer passionnément. J'étais finalement indifférente à toute réciprocité. Toutes ces années, dans les repas, les dîners, les *afterworks* bien huilés, j'avais recherché l'intensité.

Aujourd'hui, peu importe si c'était un leurre, je le vivais comme jamais.

En attendant, je suppliais Armand de me voir. Je suppliais ses caresses, comme une bête malade que l'on apaise. Car ses caresses, si effervescentes soient-elles, avaient le pouvoir d'annihiler toutes mes angoisses. Ses mains allaient et venaient, parcouraient l'infime, me faisaient oublier mon existence.

Comme celles de maman, qui me caressaient le visage pour m'endormir enfant, celles d'Armand soulageaient mon être et me plongeaient dans un tourbillon de sens qui me rapprochait un peu plus de l'éternité.

Les mains d'Armand connaissaient par cœur le dessin de mon corps. Elles sillonnaient mon être de la façon la plus évidente qu'il m'ait été permis de connaître jusqu'ici. Lui qui d'habitude ne me laissait jamais entrer dans sa vie, devenait maître de cette alchimie des sens, confondant par ses caresses son corps et le mien. Nous entrions alors dans une communion charnelle intense. Nos chairs transcendaient la réalité pour ne devenir qu'une succession de caresses, mêlant son corps et le mien, annulant tout, jusqu'à devenir inexistants, hors de ce que la vie terrestre nous offre, hors de la mort et hors du temps.

Dans ce mariage de nos âmes, il aurait été impossible, absurde même, de penser à une quelconque duperie. Je ne pouvais pas douter de cette authenticité véritable puisqu'aucun instant n'était plus grand, et que lui-même, à travers ses caresses infinies, se perdait dans cette nouvelle réalité.

Il exécutait le moindre des gestes avec une douceur inégalable. Aucun mouvement ne semblait vain. Chaque geste paraissait guidé par une divinité inexplicable, tant sa précision répondait à l'attente de mes sens.

Le désir ne triche pas, il est le reflet de l'âme. Et la mienne rayonnait si fort dans ces moments-là qu'elle semblait transparaître sur tout mon corps, étirant mes lèvres en un sourire presque indélébile.

Lui, le maître de ces moments de grâce, ne les distillait pourtant qu'avec parcimonie. Comme les habits que l'on ne met que les jours de fête de peur qu'ils ne s'usent, ses caresses étaient devenues plus rares. Je me demandais comment était-il possible qu'une telle dualité existe en lui.

Car l'âme que j'avais aperçue cessait d'exister lorsque ses caresses s'évanouissaient. Le toucher devenait la condition *sine qua none* de son amour. Le contraste était flagrant : lorsque tout ceci était terminé, Armand devenait froid, glacial, odieux.

Ainsi, lorsque le soir de mes vingt-huit ans un état d'urgence dramatique, terrible et insoutenable, me poussa à faire fi de tout mon ego, si tant est qu'il m'en restât, Armand me répondit :

> Réjane,
je n'ai pas, et je n'aurai jamais de
sentiments amoureux à ton égard.
Je préfère que ça soit clair. Après
bien sûr, tu peux venir ce soir si tu
veux.

Ainsi, le soir de mon anniversaire, alors même que nous avions passé la journée ensemble, Aurore et moi, et que rien ne m'obligeait à me rabaisser à ce point, je filais chez Armand.

Il m'avait détruite. Mais il était le seul, je le croyais, à pouvoir me reconstruire.

Grasse, décembre 1999

La porte de la chambre se mit à trembler dans un vacarme tonitruant. Le bois vibrait sous les coups, la fine poignée de porte se tordait, pliait presque.

— Ouvrez, ouvrez-moi je vous en supplie !

— Maman, j'ai peur qu'est-ce que c'est ?

Dans l'obscurité, je me hissai sur le matelas de ma mezzanine dans la chambre que nous partagions maman et moi.

— Mais quelle heure il est bon sang… Deux heures passées…

— Ouvrez vite, c'est Mme Dhoum, votre voisine du quatrième.

Elle frappait de toutes ses forces contre cette maigre porte en bois, unique protection entre le monde et notre cocon. Elle avait fait irruption dans notre sommeil, paniquée, azimutée, et nous suppliait de la laisser entrer.

Maman alluma la lumière, enfila sa robe de chambre bleue et d'un pas vif tourna deux fois la clé dans la serrure pour libérer cette femme d'une souffrance que nous partagions déjà.

— Madame, merci, c'est mon mari, mon mari, il a bu, beaucoup. Il me frappe.

Elle était enceinte d'au moins sept mois. Son ventre rond tranchait avec son corps frêle et menu. Elle était algérienne, ne parlait que très peu français. Nous ne la connaissions pas. Nous l'avions bien sûr croisée quelques fois, sur le palier ou bien chargée de courses devant la porte d'entrée. Elle faisait quelques ménages dans le quartier pour s'en sortir. Un timide bonjour dans la rue, au supermarché.

— Je vais appeler la police.

— Non, s'il vous plaît. Pas la police.

— Ça ne peut pas continuer, il ne peut pas vous frapper comme ça, pensez à votre bébé.

Je regardai cette femme debout dans notre unique chambre qui ne disposait que de la place pour deux. Je voyais son désespoir à cette heure avancée de la nuit. Je voyais ses colliers, ses bijoux qui étaient autant de chaînes à son cou. Je voyais sa servitude, son chagrin, dans les mains de ce tyran. Puis je vis maman. Et je devinai combien Mme Dhoum devait envier son indépendance et notre petit appartement. Sans doute aurait-elle voulu y rester tout le temps.

— Je vais monter lui parler.

— Maman ! Mais tu es folle !

— Je vais aller lui parler, ça va bien se passer.

— Madame, il a bu, il ne sait pas ce qu'il fait.

— Non, maman, s'il te plaît, ne fais pas ça, j'ai peur.

Et sans sourciller, sans crainte, dans sa robe de chambre bleue, elle tourna la clé deux fois dans la serrure et monta jusqu'au quatrième.

Dans nos vêtements de nuit, Mme Dhoum et moi attendîmes, assises sur le lit, celle qui était partie raisonner l'homme saoul et violent qui avait conduit cette pauvre femme jusqu'ici. Parfois son regard croisait le mien, furtivement, tant elle était accablée par la honte et l'humiliation. Je ne pus pas m'empêcher d'aller ouvrir la porte. Je voulais entendre ce qu'il se passait. La protéger. Du haut de mes dix ans, j'aurais fait quelque chose, n'importe quoi. Crié. Oui j'aurais crié, hurlé pour qu'il lâche maman. Mais le silence régnait en maître. Le temps s'était figé. Et soudain, j'en voulus terriblement à cette femme qui, sortie de nulle part, avait pris maman en otage face à un si grand danger.

Une porte claqua et me délivra de mon attente.

Je l'entendis redescendre. Son pas lent et calme me rassura, et sans même attendre de l'apercevoir, je me mis à crier :

— Maman ! Maman ! Ça va ?

— Oui, oui ça va. Mme Dhoum, vous pouvez rentrer chez vous, il ne vous frappera plus.

— Comment c'est possible ?

— Je lui ai parlé, il ne lèvera plus la main sur vous.

Je ne sais comment, par quelle force de la nature, par quel miracle ma petite maman haute comme trois pommes avait réussi à faire regretter son comportement à un homme ivre et violent, mais je sais que dans son désespoir, lui aussi l'avait appelée « maman ».

Paris, 5 janvier 2015

Je me réveillai en sursaut.

Dans une angoisse immense mon cœur se mit à battre si fort que je me demandai même s'il n'était pas l'objet de mon réveil. Je l'entendais frapper ma poitrine, ma nuque, mes tempes, comme quelqu'un essayant de défoncer une porte. J'ouvris les yeux en un instant. Je ne reconnaissais pas la lumière de l'appartement de Vaugirard. Peut-être n'étais-je pas sortie de mon sommeil ? Non, ce n'était pas ça. À demie nue, je portais encore mon soutien-gorge et ma chemise, qui collaient à ma peau glacée, comme morte. Je n'osai pas bouger. Je ne savais plus où j'étais.

J'aperçu du coin de l'œil un décor inconnu. Un canapé d'angle, une immense photo de Brigitte Bardot des marguerites plein les cheveux, une lampe Pipistrello. Faisant face au mur, je ne voulais pas me retourner. Je me mis à pleurer. Terriblement. Je plissai le visage, mon corps se crispa, se recroquevilla en position fœtale ; je fermai les yeux pour essayer de m'endormir à tout jamais. Je réussis à attraper mon téléphone à le glisser sous la couette pour ne pas créer de halo lumineux et ne pas réveiller l'inconnu de l'autre côté du lit. Quatre heures zéro sept, lundi 5 janvier. Cinq textos d'Aurore.

> Ça va ?

> Tu rentres quand ?

> Je m'inquiète.

> Je m'endors.

> Rappelle-moi.

En une fraction de seconde je revins à la réalité.

J'étais chez Vincent. Une énième rencontre faite sur Internet. Je l'avais vu pour la première fois trois heures auparavant. Il habitait au 4 avenue de Lattre de Tassigny à Boulogne-Billancourt. Nous avions échangé quelques mots pour faire connaissance. Il avait une très belle photo de profil, visiblement faite par un photographe professionnel. Il y apparaissait debout, un style soigné, châtain, à lunettes, il avait trente-deux ans et avait été très clair dès le départ : il cherchait des aventures d'un soir, et celles-ci devaient se faire chez lui, et uniquement chez lui.

D'ordinaire peu téméraire, j'avais essayé de plaider pour que nous allions ailleurs, qui me disait qu'il n'était pas de ces pervers, tueurs en série et autres détraqués dignes du journal *Le Nouveau Détective ?* Il avait balayé mes doutes et appréhensions en m'appelant pour me rassurer.

— Tu viens à la maison, on discute, je te fais une tisane bio. Si je te plais, on va plus loin, si je ne te plais pas, tu rentres chez toi. Il n'y a rien de plus simple.

Après tout, je détestais aller prendre des verres, moi qui ne buvais jamais d'alcool. Nous étions mardi soir, je travaillais le lendemain et ne faisais que ressasser mes nuits dorées avec Armand. Alors je ne sais plus si l'angoisse avait été trop forte, le désir ardent, le désespoir violent, mais je filai dans la nuit noire à plus de vingt et une heures.

J'avais donc rencontré Vincent qui était en effet un garçon charmant, intelligent voire touchant. C'est étrange comme notre époque a tout modifié, tout accéléré. Vincent était en réalité peu sûr de lui. Timide même. Mais il avait donné le change ce soir-là. Il recevait une inconnue pour la baiser. La prendre, la consommer et lui dire au revoir. Un début et une fin en un éclair.

J'avais accepté, je connaissais toutes les règles et pourtant je pleurais. Je pleurais car je n'étais pas dupe. Je savais le mal qui me rongeait et qui ne serait jamais comblé.

Grasse, juin 1997

— Maman ! S'il te plaît ! Il y aura tout le monde, Justine, Fany, Camille....

— Réjane, pourquoi tu veux y aller, enfin, tu sais bien qu'on leur doit de l'argent, tu as dû arrêter les cours en milieu d'année, tu ne te souviens pas ou tu le fais exprès ?

— Mais c'est le spectacle, il y aura toutes mes copines, je veux les voir danser au moins !

— Et on va faire quoi ? Les regarder ? Je n'ai pas envie de m'attraper la honte devant toute la ville de Grasse...

— Mais ils ne vont rien te dire ! Surtout si je suis là, ils n'oseront pas quand même. Et puis à la billetterie ça sera sûrement des jeunes, personne ne se sera au courant.

— Oui, mais il y a le mari de ta prof de danse, comment il s'appelle déjà ? Bernardo ?

— Fernando, maman.

— Oui, Fernando, il n'est pas commode celui-là. Bon, vas-y toute seule si tu veux, je te donne l'argent.

— Mais maman, j'ai dix ans...

— Bon, bon, bon... On va y aller... Si ça te fait plaisir...

— Oui ! Super ! Merci maman, tu es la meilleure des mamans ! On leur doit combien au fait ?

— Deux cent trente francs.

Tandis que nous nous dirigions vers le CIG, le Centre international de Grasse, je sentis une terrible bouffée d'angoisse envahir le petit être que j'étais. Je vis maman, le visage fermé, qui se rendait à contre cœur dans ce théâtre de la ville. Je me sentis coupable. Coupable d'avoir pris ces cours de danse qu'elle n'avait pas pu honorer, coupable de la forcer à aller voir ce spectacle dont j'avais bien à l'avance assuré ma présence auprès de mes camarades de classe, qui elles, seraient sur scène.

Mon angoisse se dissipa lorsque nous arrivâmes dans le hall de cette salle de spectacles. Il y avait beaucoup de monde. Parents, adolescents, enfants étaient venus nombreux. Les petites filles par dizaines arboraient chignon haut, laqué, pailleté, et maquillage de scène pour l'occasion. Il y régnait une excitation propre à toutes les représentations. Un trac, une hâte terrible, de cette chose dont on a attendu l'année entière l'aboutissement et qui, on le sait, passera plus vite que l'éclair. Mais ce n'était pas encore le moment. Pour l'instant, c'était l'avant. Un joyeux brouhaha mêlant retrouvailles et fierté des parents d'élèves qui se connaissaient bien et dont je ne faisais pas partie.

J'aperçus Justine et Fany, mes deux amies et voisines, qui habitaient elles-aussi la rue Amiral de Grasse. Leurs parents tenaient une très bonne pâtisserie, dont maman et moi étions régulièrement clientes.

— C'est bien que tu sois venue ! Bonsoir madame Del Fabbro, vous allez bien ?

— Oui, merci Fany ! Tu as bien grandi dis donc !

— Merci madame, vous avez pris les places pour le spectacle ?

— Non pas encore, tu sais où on peut les acheter ?

— Au guichet, juste derrière-vous.

C'était une voix d'homme qui nous avait répondu. Nous nous retournâmes, Justine, Fany, maman et moi.

Fernando. C'était Fernando. Un homme brun d'une trentaine d'années, petit et mince aux yeux noirs. Un physique sec de danseur de Flamenco, qu'il enseignait d'ailleurs. Il était là, debout derrière nous. C'était lui qui vendait les places.

Maman s'avança, et baissant le regard, lui en demanda deux pour le spectacle de ce soir.

— Madame Del Fabbro ! Vous ici ? Vous voulez quoi ? Pardon, je n'ai pas bien entendu ? Deux places pour le spectacle ? Mais vous plaisantez ? Dois-je vous rappeler que vous avez enlevé votre fille des cours de classique sans payer ?

— Écoutez, s'il vous plaît, pas ici, ce n'est ni le lieu, ni le moment.

— Madame Del Fabbro, c'est bien le comble ! Vous allez aussi me dire ce que je dois faire ?

J'étais médusée. J'avais envie de me liquéfier et de disparaître six pieds sous terre. Il criait – non, il hurlait, dans cette salle pleine de mes amis de cour d'école. Il prenait plaisir à nous humilier, maman et moi, pour deux cent trente francs.

Je regardai maman qui ne se démontait pas et haussait le ton.

— Je suis venue pour Réjane, elle voulait voir le spectacle, alors je vous en prie, donnez-moi deux places, évitons les esclandres, nous réglerons ce contentieux après.

— Ah non, madame, je ne crois pas, quand on n'a pas payé on ne voit pas le spectacle, alors maintenant sortez !

— Pardon ?

— Sortez immédiatement ou j'appelle la sécurité !

— C'est une plaisanterie ?

— Sécurité ! Sécurité !

— On s'en va, on s'en va. Viens, Réjane.

Nous sortîmes alors dans un silence monacal, nous éclipsant dans les rues tièdes de la ville de Grasse comme des parias, des moins-que-rien. Les cours de danse à Grasse, c'était un peu comme faire partie d'une élite. D'un clan de la société. Il y avait les filles belles, fines, toujours en première ligne, dont les parents, très investis, faisaient tout pour les mettre sur le devant de la scène. Il y avait celles qui faisaient des efforts, mais dont les parents plus modestes ne pouvaient pas financer tous les stages et les nouvelles pointes chaque semestre. Et puis, il y avait moi, inclassable parmi les inclassables.

Paris, le 6 janvier 2015

J'avais vingt-huit ans depuis deux jours. Je sortais de ce bel immeuble Haussmannien dont le tapis rouge me faisait penser à celui de la rue Jules Lefebvre, il n'était que dix-huit heures mais la nuit était tombée depuis longtemps. Dehors, lovée dans mon manteau ocre, je levai les yeux vers les fenêtres éclairées des immeubles, les boutiques et leurs néons, leur fin d'illumination. Je marchai de la rue Richer jusqu'à Notre-Dame de Lorette pour prendre la ligne 12. Je trimballai en moi une mélancolie qui, lorsqu'elle ne se faisait pas douce, voire poétique même, devenait insupportable à porter. La chaleur artificielle de la bouche de métro vint me happer jusque sur le quai. Quatre minutes d'attente avant le prochain métro. Une éternité.

Une eau noirâtre s'écoulait dans le caniveau putride de cette station, je m'assis sur un de ces sièges dur et glacial de la RATP conçus pour qu'aucun SDF ne puisse venir s'allonger. Cruauté de la ville, de la vie. J'observais timidement les sans-abris, je me demandais comment ils en étaient arrivés là. Comment était-il possible qu'il n'existe que si peu d'amour entre les gens. J'avais peur, car nous étions semblables, eux et moi. Ils avaient vécu, ri sans doute, joué et aimé, puis ils avaient renoncé. Ils étaient tombés dans la folie, l'oubli, la peur. Étrangère, rutilante de nouveautés, produits de luxe, parfums et sacs à mains, je me sentais pourtant proche d'eux, assis avec leur chien. J'avais peur de sombrer dans la folie, celle qui vous a torturé au-delà du raisonnable et qui, un jour, prend le dessus, s'agrippe à vous et vous laisse mourir à petit feu.

Que reste-t-il de tout ça finalement ? Je regardai mes escarpins Saint-Laurent.

Le métro arriva, je m'assis sur un strapontin et les portes se refermèrent dans une sonnerie stridente que je connaissais bien. J'observai les gens et les visages. Trois adolescentes riaient un peu plus loin. J'enviai leur insouciance. Elles parlaient du lycée, du prof de maths, de celui d'anglais, de leur prochaine soirée. Saint-Lazare, Madeleine, Concorde, Montparnasse… Je connaissais toutes les stations ; je les traversais tous les jours avec ces millions d'âmes qui grouillaient sous la terre sans trop savoir pourquoi.

Vaugirard. J'étais arrivée chez moi. Dans mon minuscule appartement sous les toits. Fangio mon chien était là près de moi et se lovait déjà dans mes bras. Je repensai soudain à cet homme, dans son abri de fortune métro Notre-Dame-de-Lorette, et mes yeux et mon âme s'embuèrent face à cette tristesse contre laquelle je ne pouvais rien.

J'allumai la télévision pour rompre ce silence anxiogène. Et ça marcha. De la vie vint brusquement vint remplir le salon. J'allumai des bougies, mis un gilet doux et mangeai des chocolats au lait.

Puis à nouveau je m'inscrivis. Encore une fois. Je retournai sur ce maudit site de rencontre. Avec une adrénaline malsaine, hâte et dégoût, j'entrai frénétiquement mon adresse mail, mon mot de passe et me retrouvai face à une recherche que je limitai à un périmètre géographique restreint. Je voulais de l'immédiateté, maintenant et vite, comme on appelle un médecin en plein milieu de la nuit pour qu'il vous délivre de tous les maux de la terre. Les messages arrivèrent. Un, deux, cinq, dix.

Des dizaines d'hommes prêts à faire ma connaissance. Combien d'entre eux feraient partie de ma vie. Me souviendrais-je d'eux dans un an, cinq ans, dix ans ?

Et puis, comme toujours, l'un d'entre eux se détacha du lot. Il faisait la différence, sortait du banal.

Par sa conversation, son sens de l'humour, une repartie bien placée.

Il s'appelait Frédéric.

Il habitait lui aussi le quinzième arrondissement, nous étions voisins en quelque sorte. Ce site le déprimait, d'ailleurs il pensait se désabonner, puis ce soir il m'avait parlée et « avait bien fait de rester ». Nous avions discuté jusqu'à tard dans la nuit. Nos vies, nos musiques préférées, l'endroit où l'on rêverait d'habiter, ses rues de Paris adorées, Paris, Paris toujours, la nuit, Gainsbourg, l'amour un peu, toujours, plus grand, recommencer, croire encore, en demain, en soi. Je refermai l'ordinateur et dans le noir attendis bientôt d'autres messages que ceux d'Armand.

Paris, 7 janvier 2015

Ce matin-là, je partis travailler le cœur plus léger et l'esprit égayé à l'idée de rencontrer Frédéric une fois la journée de bureau terminée. Nous avions échangé nos numéros de téléphone et déjà au petit matin il m'écrivit pour me souhaiter une bonne journée. Sur ses photos, il était charmant. Il avait trente-trois ans, châtain aux yeux bleu vif. Mais quand j'imaginais sa voix, sa façon de se mouvoir, de me regarder, tout me ramenait systématiquement à Armand. Mon esprit en vint même à créer un personnage hybride, à mi-chemin entre mes souvenirs et ceux à venir. Une sorte de nouvel Armand, plus merveilleux qu'avant.

Je composai le code de la porte cochère qui menait à mon bureau. Dans les escaliers, je croisai Blanche, une de mes collègues dont je n'avais jamais su si je devais l'aimer ou la détester. La vie nous avait amené à nous côtoyer chaque jour de la semaine dans une collaboration qui se révélait houleuse, mélange de confessions intimes et de coups bas. Elle était mon contraire : grande, blonde, belle, issue de la haute aristocratie française. Elle m'enseignait les bonnes manières, je l'encanaillais autant que possible. Dans ce bureau, j'avais passé plus de temps à regarder par la fenêtre et à vagabonder dans mon imaginaire plutôt qu'à travailler.

J'étais, à cette époque, rédactrice au sein d'une revue de droit social, une activité qui me barbait passionnément. J'y exerçais quotidiennement un déballage de vie auprès de tous mes collègues qui, je le crois, m'appréciaient ou du moins me prenaient en pitié, tant mon côté touchant virait parfois au pathétique, me mettant tantôt à rire aux éclats tantôt à fondre en larmes.

Ce jour-là était un mercredi et fait désormais partie de ceux que l'on n'oublie jamais. Combien de jours passés ne sont plus que des instants, des bribes que le temps étiole si bien que l'on mélange d'abord les jours, les mois puis les années ?

Le mercredi était le jour le plus intense de la semaine au sein de la rédaction : la revue juridique paraissant tous les jeudis, nous étions en bouclage. Il fallait tout relire, vérifier, corriger à la virgule près. Tout devait être juste, carré, millimétré, conforme à la charte éditoriale de la Maison. Je détestais ce jour.

Il était près de midi et Blanche, qui était ma partenaire, mon binôme de travail en somme, fut soudain victime d'une gastroentérite fulgurante, me laissant ainsi seule face à une montagne de travail. Je lisais les articles que j'avais écrits, les analyses des dernières jurisprudences, les commentaires des arrêts de la Cour de Cassation et ceux de la cour d'appel quand soudain, mon téléphone puis ceux de mes collègues se mirent à s'allumer, vibrer, sonner.

Alerte. Le Monde. BFM. Le Parisien.

Le journal satirique Charlie Hebdo avait été visé par une attaque terroriste.

À quelques centaines de mètres de moi, douze hommes venaient d'être assassinés, un crayon à la main, bûchant sur les prochains dessins de ce journal mythique. Eux dont la créativité et la liberté sans faille venaient tout autoriser : la vie, l'humour et l'espoir. L'espoir de rire de tout, de réinventer les codes, de faire naître d'autres chemins que ceux déjà tout tracés, l'espoir de s'en sortir. Eux justement, étaient morts pour des dessins. Et tandis que j'apprenais la mort de ces héros, mes larmes coulèrent comme sur les joues d'un enfant qui comprend que son innocence s'est envolée à tout jamais.

La matinée se poursuivit, anarchiquement, dans les bureaux de notre rédaction. Personne ne pouvait plus travailler ou même penser. Nous étions rivés sur nos téléphones, sur les réseaux sociaux, sur les chaînes d'infos en continu, errants, devenus zombies, nous cherchions une raison, une explication à ces actes qui nous semblaient impossibles. Ce n'était pas vrai, non ça n'avait pas pu arriver, mais comment, comment ? Les images arrivaient, vite, au fil des minutes sur nos écrans, on vit ces deux frères agir froidement, hurler dans la rue Richard Lenoir, puis partir. On ne pouvait s'empêcher d'imaginer la scène. Ces corps morts, gisant dans un bain de sang, les cris et l'horreur qu'aucun mot ne peut décrire. Les minutes défilaient, les appels fusaient, chacun avait envie de se rassurer, se prouver que l'amour existait encore et qu'il pouvait nous sauver de tout.

Ce soir-là, je rentrai en taxi jusqu'à mon appartement. Dans la voiture, le chauffeur écoutait en boucle les dernières nouvelles. Les terroristes étaient en fuite et avaient réussi à faire régner un effroyable sentiment dans cette ville que j'aimais tant. Paradoxalement, une solidarité se mettait déjà en place. Nous tous, hier encore inconnus, devenions soudain étroitement liés par cet élan de résistance que seuls nos aïeux qui avaient connus la guerre pouvaient comprendre.

Je montai les cinq étages en bois de ce vieil immeuble, tournai la clef dans la serrure et retrouvai mon chien adoré. Comme toujours, son amour fou vint m'envahir de joie dès la porte franchie et me fit oublier, l'espace de quelques instants, la cruauté d'un monde qu'il est parfois terrible de supporter.

Immédiatement, j'allumai la télévision. Nous vivons dans une époque où même les nouvelles se consument à peine arrivées. Il était dix-neuf heures. Je me rappelai soudain le rendez-vous que nous avions fixé Frédéric et moi une heure plus tard.

Je ne voulais plus y aller. J'étais tant affectée par cet attentat que je n'avais pas envie de rencontrer un inconnu pour la première fois ce soir-là. Je n'avais pas envie de sourire, de faire bonne figure, de discuter. J'étais morne, vide et fanée. Si même le monde, lui qui n'avait jamais cessé de tourner, si même Paris, si belle, toile de fond de tous mes rêves, s'écroulait, ça ne valait plus la peine d'essayer. J'envoyai un texto pour décommander, en lui disant la vérité.

Quelques secondes plus tard, il me répondit qu'il avait hésité à faire pareil mais n'avait pas osé, par délicatesse. Lui aussi avait été profondément affecté par ces terribles actualités et n'avait plus le cœur à jouer. Je lui renvoyai quelques banalités, auxquelles il répondit, puis nous passâmes encore quelque temps à discuter. Le rendez-vous avait finalement lieu, par écrans interposés. Nous nous aperçûmes alors que nous n'étions qu'à quelques centaines de mètres l'un de l'autre. Seuls dans nos appartements respectifs, nous trouvâmes soudain la situation cocasse, et Frédéric me proposa de maintenir ce rendez-vous.

> Je passe te chercher en voiture,
et nous irons où Paris nous mène,
qu'en penses-tu ?

Je pensai que quelqu'un allumait soudain la lumière. Éblouie et flottante dans ce nouveau réveil, je souris et écrivis un grand oui. Il serait en bas dans huit minutes.

L'effervescence.

J'enjambai mon canapé, la table basse et courus dans ma chambre à la recherche de ce qui pouvait me rendre belle. Je secouai mes cheveux, poudrai légèrement mon visage, m'aspergeai délicatement de parfum, et tandis que l'écran de mon téléphone affichait « Je suis en bas », m'approchai de la fenêtre et vis depuis mon cinquième étage les warnings d'une Audi noire scintiller dans ce Paris endeuillé.

Je dévalai les escaliers du 317 pour arriver jusqu'en bas. Dans une ultime vérification, j'observai mon reflet dans mon poudrier qui me renvoya une image qui me convint, voire même me plut. J'ouvris la porte d'entrée de mon immeuble et découvris la rue de Vaugirard comme un endroit neuf, terre de tous les possibles. Face à moi, Frédéric était sorti de sa voiture et m'attendait, le sourire aux lèvres.

Je traversai, timide, ne sachant trop où regarder mais ne pouvant m'empêcher d'avancer.

Le premier contact est un parfum, un regard, une voix. Plus petit que ce que j'imaginais, Frédéric faisait la même taille que moi, si l'on occultait mes escarpins de dix centimètres au moins. Les cheveux châtains presque rasés, une barbe courte et soignée, ses yeux bleu azur tranchaient dans un visage légèrement austère. Austérité balayée lorsqu'il souriait et que ses yeux brillaient. Vêtu d'un long manteau en cachemire beige, d'un pull blanc en laine torsadée, d'un jean et de baskets griffées, Frédéric était très élégant. Je reconnus la façon très parisienne d'un soigné-négligé qu'il avait sûrement mis longtemps à élaborer. Mince, au physique sec et élancé, il était sportif, prenait soin de lui et ça se voyait. Il m'ouvrit la porte de cette nouvelle aventure qui commençait maintenant dans cette voiture qui portait l'odeur du cuir et de la douce nouveauté.

— Je te propose de conduire jusqu'à ce que l'on ait envie de s'arrêter !

— Parfait !

Quel drôle de rencontre ! Enfermée dans cette automobile, de profil, dans les rues jamais sombres de Paris ! Nous revînmes, indubitablement, sur les évènements de cette journée hors du temps. C'était terrible. Il n'y avait pas d'explication : à ce drame, à cette journée, à notre rencontre. Nous avions le sentiment de vivre quelque chose d'extraordinaire, dans le bon comme dans le mauvais, mais quelque chose que nous nous devions de vivre ensemble ce soir-là, puisque le destin avait choisi pour nous cette direction, et que nous nous trouvions maintenant dans cette voiture.

Nous traversâmes la Seine sur le pont Alexandre-III, l'un des plus beaux endroits que je connaisse. À travers la vitre, Paris pleurait les quelques larmes de désespoir qu'il lui restait. Furtivement, j'observai les mains de Frédéric sur le volant. Des mains courtes et fines qui guidaient nos deux âmes errantes dans un Paris meurtri. La place de la Concorde n'avait rien perdu de sa superbe. Les fontaines, majestueuses, ouvraient la voie vers ce que l'on dit être la plus belle avenue du monde. Je vis que lui aussi me regardait subrepticement, lorsqu'il s'imaginait que je détournais le regard.

Nous nous rendîmes jusque dans le huitième arrondissement, rue du Faubourg Saint-Honoré. Frédéric gara la voiture, et nous marchâmes jusqu'à la place du Faubourg pour prendre un verre. Arrivés dans un troquet, nous allions nous attabler lorsqu'une musique tonitruante se mit à jaillir des enceintes de ce bar aux allures classiques. Jamais nous n'aurions pu soupçonner qu'une une horde de chippendales et strip-teaseuses pouvaient venir se mouvoir sur la fine estrade que nous n'avions même pas remarquée, juste devant nous. Pris d'un fou rire, nous décidâmes de ne pas rester au milieu de cette fête à laquelle nous n'avions jamais été conviés.

C'était drôle de se retrouver là, au milieu de nulle part. Dans ce Paris qui secrètement revivait, n'ayant finalement jamais cessé d'y croire et d'exister.

Toute la soirée se déroula ainsi. Nous déambulâmes dans cette capitale déserte, ce décor irréel, bercés par cette sensation à la fois grave et légère : celle d'un lâcher prise teinté d'« on verra bien », jusqu'à ce que nous ne soyons plus le 7 janvier 2015. Cette journée aux mille visages était passée, plus rien ne serait comme avant, on le savait.

— Je suis sûr que tu n'es jamais montée en haut de la tour Eiffel.

— Eh bien si, j'y suis montée plein de fois.

— Ah bon ? Moi jamais. Pourtant je passe devant tous les jours…

— Moi non plus, en fait. Je voulais juste faire mon intéressante.

— Alors allons-y !

— Oh oui ! Alors voir à quoi ressemble Paris vue d'en haut.

La Tour Eiffel avait fermé ses portes bien plus tôt ce soir-là. Nous aurions dû nous en douter et pourtant ce nouvel entrain plein de candeur, de joie et de naïveté, avait transformé tous les drames de cette journée en de tendres défis enfantins.

— Nous irons demain. Enfin, si tu veux bien ?

— Oui, je le veux. C'est ça la phrase qu'il faut dire non ?

— Tu es drôle…

— C'est un merveilleux compliment.

— Tu es belle…

— Embrasse-moi !

Paris, 8 janvier 2015

Sonnée par cette journée sans pareil, je me réveillai ne sachant plus démêler le rêve de la réalité. Immédiatement happée par l'actualité, les chaînes d'infos faisant défiler en boucle les titrages des avancées policières. Le Procureur de Paris, François Molins, apparut d'heure en heure un peu plus fatigué, les traits tirés, et les politiques de tous les bords cherchaient à tâtons mots graves et empathie réconfortante.

Tandis que la France sous le choc de ces heures bien sombres s'échevelait à entamer un deuil national, les drames continuèrent de se produire, par cascade, ne sachant plus quelles plaies lui restait-elle à panser. Une policière fut tuée froidement à Montrouge lors d'un banal contrôle d'identité.

Frédéric m'écrivit.

> Tu as vu les nouvelles ?

> Oui, c'est affreux, la police n'a
toujours pas arrêté les terroristes…

> Je n'arrive pas à travailler.
Ce monde me fait peur.
Et puis, je pense beaucoup trop à toi…

> Je pense à toi aussi, c'était merveilleux
hier, une bouffée d'air ! J'aime tant Paris
et pourtant, aujourd'hui je n'en peux plus.
J'ai envie de partir, d'aller voir la mer.

> Eh bien partons ! Allons à Deauville !

> Tu es sérieux ?

> Bien sûr, j'adore la Normandie
et moi aussi j'ai envie de partir.

> Mais quand ?

> Demain, après le boulot. Je passe te prendre, toi et ta valise, rue de Vaugirard.

> Je peux prendre Fangio avec nous ? C'est mon chien, tu verras il est très gentil.

> Dans ce cas, je passerai vous prendre tous les deux !

Je n'en revenais pas.

Tout me semblait surnaturel. Jamais personne ne m'avait enlevée avant lui. Personne ne m'avait prise par la main, le temps d'un jour ou deux pour quitter ce monde et en créer un nouveau ailleurs. Nous nous connaissions seulement depuis la veille et il était capable de m'emmener en week-end. De quitter ce Paris qu'il aimait tant, que j'aimais tout autant, et de vivre l'aventure avec moi. J'étais heureuse.

Je pensai à Armand. Nous nous étions écrit le matin-même. Il avait pris de mes nouvelles, nous avions bien entendu parlé des attentats.

Je ne lui avais pas dit que j'avais rencontré quelqu'un. Je ne lui disais jamais rien de toute façon.

Comme prévu, Frédéric vint me chercher à seize heures au 317. De ses grands yeux bleus pleins de promesses, il avait transformé ma méfiance en hâte divine. Les valises dans le coffre, Fangio sur la banquette arrière, nous abandonnâmes le quinzième arrondissement pour rejoindre le périphérique. Tandis que nous quittions Paris, des hommes et des femmes étaient pris en otage dans l'hyper casher de Vincennes, puis simultanément les frères Kouachi se retranchaient dans l'imprimerie de Dammartin-en-Goële.

Nous mîmes la radio et écoutâmes, minute par minute, l'assaut simultané des forces de police dans ces lieux où innocents et assassins partageaient soudain un identique destin.

C'était dingue, insensé, surréaliste. Ces trois jours n'avaient cessé de placer le monde entier dans une super production américaine où se mêlaient violence et tension dans une course effrénée contre le temps. Il semblait tout à coup que les sirènes hurlaient dans la ville, nuit et jour dans un cri strident. Les rues, parcs, boulangeries, bancs, tabacs, avait été meurtris dans cet assassinat national. Chacun portait le deuil. On ne savait pas. On ne mesurait pas la chance qui nous avait été donnée jusqu'ici de vivre dans l'insouciance, dans cette évidence de légèreté qui ne se mesure qu'une fois qu'elle n'existe plus. Aujourd'hui le monde se sentait lourd, portait le poids de l'accablement. Nous étions à terre, acculés. Paris se relèverait, mais c'était encore trop tôt.

Paris connaissait la terreur comme elle ne l'avait jamais vue : invisible et pourtant omniprésente. Potentiellement partout et dans chacun d'entre nous. On avait peur de cette menace inconnue, si nouvelle à appréhender. Nous étions tétanisés à l'idée d'être divisés. Alors on créa des hashtags *#jesuischarlie* comme un mot de passe pour dire « je suis des vôtres », on pensa aux victimes, aux familles des victimes, aux familles tout court. On dessina, on écrivit, publia, beaucoup. Des messages de paix, des crayons par milliers qui arrêtaient les balles, vainquaient les fusils, émouvaient, faisaient sourire puis pleurer. On résista dans un élan national, une liesse timide mais grandissante, celle d'une reconstruction, d'un après, d'un « plus fort ». C'était sans doute naïf, candide, comme un ado qui croit que son premier amour durera toujours mais c'était beau, comme jamais je n'avais vu quelque chose d'aussi beau. Et cette page de l'Histoire, je la vécus, à vingt-huit ans, dans la ville que j'aimais le plus au monde, avec Frédéric, cet homme que je ne connaissais pas mais dont je partageais la route vers les plages immenses de Normandie, désertes, qui n'attendaient que nous.

Une fois les portes de Paris passées, nous eûmes devant nous une autoroute de liberté. Il ne nous restait qu'à rouler, sur des kilomètres, et regarder les images défiler : voir ces paysages autrement, pour la première fois, des images instantanément oubliées puis renouvelées à l'infini. J'observai ces grandes plaines embuées, ces maisons seules, plantées au milieu d'un champ, je pensai à ces gens qui avaient dû voir leur vie coupée par cette autoroute, et qui n'avaient sûrement pas eu d'autre choix que celui d'accepter. Je vis des meules de pailles, des vaches ruminantes, un soleil bas, qui laissait place aux interminables nuits d'hiver. Entre chien et loup, je regardai furtivement Frédéric, n'osant pas encore poser mes yeux trop longtemps sur lui de peur de le gêner. Pourtant dès que je le pouvais, je l'observais secrètement. Son profil, ses mains caressant le volant à chaque virage. Puis sa main sur ma cuisse, ce frisson qui me traversait le corps, mon sourire et ce bonheur complet.

Nous roulâmes vers Deauville avec la fougue nouvelle d'un amour au commencement. Je n'avais pas dit à maman que je partais avec un inconnu sur les routes de Normandie, elle se serait fait trop de soucis.

Il faisait déjà nuit noire lorsque nous arrivâmes à l'hôtel Normandy Barrière. Le majordome prit ma petite valise, Frédéric donna son nom pour la réservation et en moins de quelques minutes, nous nous retrouvâmes seuls dans cette coquette chambre de Deauville. Nous étions brusquement revenus à la réalité. Tous deux, dans cette chambre où, cela ne faisait pas de doute, nous allions devoir passer la nuit ensemble. D'un coup, il fallait percer cette intimité. Le monde ne nous portait plus, nous n'étions plus que deux.

— Je peux dormir sur le fauteuil… Enfin je veux dire, on n'est pas obligés de, enfin tu vois…

Frédéric était gêné. Il ne voulait pas que je le prenne pour celui qu'il n'était pas.

Je lui répondis par un baiser. Nous fîmes l'amour pour la première fois.

Le charme n'avait pas opéré. Je le sais car aujourd'hui je n'en garde aucun souvenir. Il y avait là le gout de la nouveauté, quelque chose de charmant, d'attendrissant même. Mais j'en cherchais un autre à chacun de ses gestes. Je savais que dans cet amour, j'oubliais celui d'Armand. Je cherchais à duper mon cerveau par n'importe quelle supercherie.

Après tout, Frédéric, un autre, Armand, je ne savais plus. Je cherchais l'antidote, et j'avais trouvé un placébo.

Mais dans l'instant, tout me sembla formidable. Cet amour de substitution m'allait bien, et je pensais, il le fallait d'ailleurs, que je pourrais bien tomber à nouveau amoureuse. Il fallait laisser le temps faire son œuvre. Ainsi, chaque geste deviendrait moins net, moins précis, et plus diffus. Ses caresses ne seraient plus qu'un lointain souvenir dont seule la mélancolie d'une brume de novembre vient vous rappeler sans trop savoir comment, qu'elles avaient été l'espace d'un instant un rempart face au temps. Je ne saurais plus les reconnaître, je devrais les réinventer sans cesse, j'aurais du mal à les déchiffrer, mais je saurais. Sur la pierre tombale de mes amours passés, je reconnaîtrais ce temps qui efface la vie et les être aimés.

C'était désormais chose faite. Nous l'avions fait. Nous étions passés de l'éveil, de la minauderie, de ce jeu grotesque de séduction à un acte brut, animal, désinhibé. Las de toute précaution, deux corps, s'emboîtant maladroitement. Dans une quête du plaisir que je ne cherchais même pas, puisque je l'avais déjà trouvée moi-même, et que je savais qu'elle ne se cachait pas ici, dans cette chambre du Normandy Barrière, à Deauville.

Je regardai son visage. Je voulais voir s'il m'aimait moins. Si une fois les fruits de son travail récoltés, Frédéric voulait encore de moi. Les regards d'après sont les plus terribles. Révélateurs, vides de sève, ils percent tout au grand jour. Mais Frédéric était doux. Son regard plein de bienveillance, et ses mains parcourant ma nuque eurent le pouvoir d'apaiser mes craintes.

Je remis ma chemise en soie, ma chemise Carven aux imprimés tempête, et nous allâmes dîner. Des fruits de mer bien entendu. Nous étions à Deauville !

Dans cette petite gargote ouverte un vendredi soir de janvier, nous trouvâmes une table nichée près de la baie vitrée donnant sur la mer. Je commandai des Saint-Jacques, mon mets favori. Frédéric fit de même et me servit du vin. Nous partageâmes, après avoir fait l'amour, notre premier repas au restaurant. Toutes les premières fois ont ce je ne sais quoi de merveilleux. On y trouve tout épatant, on rit beaucoup et fort, on est ému, attendri, bref tout est formidable. J'étais souvent émue aux larmes sans raison manifeste. Ce soir-là, j'étais émue de vivre. J'avais ôté la camisole de mes angoisses et je me sentais légère, dénouée de mes tourments. J'avais le sentiment que l'éternité se trouvait dans ces moments de quiétude, où un quasi-inconnu me racontait des histoires rocambolesques, faisait le beau, tentait de m'impressionner.

— Non mais tu as vu ce serveur ? Il ne t'a même pas regardée !

— Ah bon ? Je n'ai pas remarqué…

— Il t'a donné la carte sans même te regarder, c'est honteux !

— N'exagère pas le pauvre, il n'a peut-être pas voulu s'immiscer…

— Moi, je t'aurais donné la carte en te frôlant la main comme ça…. Et puis en te dévorant des yeux, je t'aurais décrit chaque plat pour te mettre l'eau à la bouche.

— Là, ce n'est plus du service, c'est de la drague !

— C'est bien ce que je dis, c'est honteux !

Nous sortîmes du restaurant dans un éclat de rire. Le froid, vif mais supportable, faisait rosir mes joues sous le col de mon long manteau marine. Nous nous dirigeâmes vers les Planches dont seuls quelques réverbères venaient éclairer la promenade. Les nuages se dégageaient par moment et laissaient apparaître un ciel immense que les parisiens ne connaissent pas. J'enlevai la laisse de Fangio et le laissai courir dans le sable, avide de liberté. Je le perdis soudain du regard ; le ciel noir et la mer vinrent alors se confondre dans une étendue sans fin. Le son lancinant des vagues et de ses rouleaux sembla me happer vers un puit sans fond. Je sentis la mort dont le noir total venait me prendre aux tripes. J'imaginai l'eau emporter mon corps dans de sombres abysses, là où il n'est jamais possible de voir la lumière du jour.

— Fangio ! Fangio !

L'idée même de le perdre me glaça le sang et me plongea dans une terrible angoisse. Mon plus fidèle compagnon ! Lui dont l'amour était indéfectible, qui m'aimait sans condition, m'aurait suivi au bout du monde, celui dont les journées étaient remplies de ma seule présence, celui pour qui j'étais toute la vie…

— Il est là, juste là à côté de toi ! Fangio ! Va chercher !

— Rentrons, j'ai un peu froid.

— Comme tu voudras !

Dans la poche noire de mon manteau, mon téléphone s'éclaira, affichant un message d'Armand.

> Hello, que fais-tu ce soir ?

Je ne répondis pas, et serrai la main de Frédéric.

Je me réveillai le lendemain, enchantée de ce nouveau jour plein de fabuleux présages. Après avoir rassemblé nos affaires et pris un copieux petit-déjeuner, nous rendîmes la chambre, Frédéric, Fangio et moi. Nous avions décidé de rentrer le samedi afin de pouvoir assister au grand rassemblement de dimanche place de la République, en hommage aux victimes des attentats de Charlie Hebdo.

Mais avant de partir, nous avions décidé de revoir la mer. En plein jour.

Les deux pieds ancrés dans le sable face à la mer, sur cette plage presque déserte, plus rien ne ressemblait à hier. La lumière blanche du mois de janvier venait éclairer nos visages encore fatigués. J'étais heureuse. Tellement heureuse.

Je pensai soudain comme il était drôle de me sentir si entière sur ces plages où je n'avais jamais mis les pieds enfant. Hors saison où rien n'est établi : on se sent grand mais infiniment petit. Je me souvenais des plages minuscules de la Côte d'azur, et de leurs descentes abruptes où quelques mètres suffisent à vous recouvrir le visage d'une mixture d'eau salée et de monoï. De leurs créatures si reconnaissables à la peau cramoisie, des plages privées, des grands palaces et des chti's aux cornets de glaces. Elles me rappelaient les virées en stop, les *pan bagnat* avalés sur le pouce à l'heure du déjeuner, les cours vites oubliés, la vue de ma chambre de cité universitaire. J'avais vingt-huit ans, et l'impression d'avoir vécu mille ans.

Sur le chemin du retour, nous ne dîmes rien. Tout en conduisant, Frédéric me tint la main et ne la lâcha que pour changer les vitesses. Dieu que j'aimais ces silences. Lorsque la complicité est telle qu'elle vous permet tout. Il se passait une sorte de connivence, une entente parfaite dont nous étions les seuls à détenir le secret. Mon visage contre la vitre, je sombrai dans un demi-sommeil, rêvant à ne jamais me réveiller vraiment.

Nous étions de retour à Paris. Devant le 317, Frédéric me déposa et nous convînmes dès lors de nous revoir le lendemain place de la République. Je grimpai les étages quatre à quatre, Fangio me devançant et se retournant fréquemment afin de s'assurer que je suivais.

J'insérai la grosse clé dans la serrure de cette porte blindée, tournai deux fois, et accédai à ce petit appartement qui était le mien. Dans un énorme bocal, les tulipes jaunes et rouges se courbaient sur la table en verre du salon. Un caban noir s'affaissait sur le dossier d'une des chaises en plastique, le bol d'eau de Fangio avait pris la poussière, et seules quelques voitures de la grande rue de Vaugirard venaient troubler ce calme de janvier. Je posai ma valise, qui, je le savais, resterait plusieurs jours au milieu du salon.

Je l'ouvrirais des dizaines de fois, prendrais quelques affaires, puis finirais par la vider, contrainte et forcée par tout ce que la vie nous oblige à faire d'inutile.

Cet après-midi je sortirais. Je ferais tout ce que j'aime faire et ne m'interdirais rien. Je m'achèterais mes chocolats préférés, prendrais un verre seule en terrasse, lisant un livre, je ne regarderais les gens que si cela me plaît, je garderais ce qu'il reste de soleil, j'achèterais des fleurs, des chaussures, peut-être une robe aussi, un sac à crédit.

J'avais besoin d'emmagasiner tous les plaisirs futiles, comme si je savais que les jours noirs viendraient, indubitablement. Il m'était offert un répit, une accalmie avant l'orage, puisque ma vie était faite ainsi. Ma vie n'avait été qu'une succession d'épisodes houleux, de drame et de joies immenses. Je n'avais pas connu la demi-mesure.

Grasse, 18 novembre 1998

Aujourd'hui Marraine Odette est morte. Je l'ai appris en revenant du collège Saint-Hilaire à treize heures, je me suis rendue chez Justine et Fany, mes amies d'enfance et voisines. Lorsque j'arrivai, je ne sais pas pourquoi, elles avaient l'air complètement déconfit. Moi je riais beaucoup pour je ne sais plus quelle anecdote débile qui m'était arrivée dans la file de la cantine. Je crois que je me moquais d'une pionne, Marie-Ange, mais cela n'a guère d'importance.

Alors que j'étais arrivée depuis quelques minutes, le téléphone fixe se mit à sonner. Justine décrocha et me passa le combiné. C'était maman. Elle était si grave. Sa voix, désormais imprimée à jamais dans mon âme, me glace encore le sang en écrivant ces lignes.

— Maman ? Ça va ?

— Pas vraiment.

— Qu'est ce qui se passe ?

— Marraine Odette, elle, elle…

— Elle n'est pas morte quand même ?

—…

— Maman ?

— Si. Elle est morte, Réjane. Je suis près d'elle en ce moment même. Je rentrerai dans l'après-midi. Reste chez Justine et Fany en attendant.

C'était si soudain. Marraine Odette disait tous les jours qu'elle avait envie de mourir, à tel point que c'est lorsqu'elle ne disait rien que l'on s'inquiétait maman et moi. Qui aurait cru qu'elle allait vraiment passer à l'acte. Certainement pas une enfant de onze ans, même s'il faut le dire, la mort m'avait toujours hantée, puisqu'elle était un sujet inépuisable de discussion à la maison. On pleurait souvent les anciens.

Mais cette fois, j'étais face au pire de ce que la vie peut nous infliger. Je n'étais pas triste à l'idée qu'elle allait me manquer. Non. J'étais dévastée car je savais que maman serait anéantie et que malgré tout ce que je pourrais tenter de faire, elle resterait inconsolable. Je serais là. Tout le temps. Jour et nuit, je dormirais près d'elle et avalerais ses sanglots comme des oursins dans mon corps d'enfant. J'essaierais de la sauver, à mon tour, des tourments contre lesquels personne ne peut rien.

— Maman, tu pleures ?

— Réjane, dors, il est deux heures.

— Je ne peux pas dormir si tu pleures.

— Je ne pleure pas.

— Ça va aller, maman. Moi je suis là.

Paris, 11 janvier 2015

Après trois jours de deuil national, les Français, et plus particulièrement les Parisiens, avaient décidé de se réunir dans une grande marche républicaine qui relierait les places de la République et de la Nation. Nous avions décidé, Frédéric et moi, d'y aller chacun de notre côté, avec nos amis respectifs, puis de nous rejoindre une fois sur place, ce qui lui permettrait également de me présenter à ses amis.

Je quittai donc le 317 rue de Vaugirard en début d'après-midi avec Christophe et Caroline, un couple d'amis qui avait vu passer déjà quelques-unes de mes conquêtes.

— Coucou ! Ça va ? Prête ? Elle est où, ta petite pancarte « Je suis Charlie » ? On est venus en métro d'Issy-les-Moulineaux, mais il y avait déjà beaucoup de monde, à mon avis on n'ira jamais jusqu'à Bastille…

Christophe était un garçon charmant. Toujours agréable, de bonne humeur, prêt à vous faire rire, je l'appréciais tout autant que Caroline, mon amie depuis plusieurs années que j'avais rencontrée lors de mon stage de fin d'études.

— C'est clair ! Un monde fou, mais comme ça, tu auras tout le temps de nous raconter tes aventures avec… ?

— Frédéric, rétorquai-je. Il est merveilleux !

Nous nous dirigeâmes vers la ligne 12. Des dizaines et des dizaines de gens remplissaient les wagons. Sous la terre, la résistance s'organisait, chacun se regardait avec un signe de respect, d'amitié, de solidarité. Certains se lovaient dans un drapeau bleu-blanc-rouge, celui-là même dont le passé nationaliste avait laissé des stigmates et dont les uniques victoires footballistiques permettaient encore la sortie sans que l'on vous regarde de travers. D'autres arboraient des affiches avec les noms de Cabus, Charb, Wolinski et Tignous, des dessins, des images, des panneaux noirs où était écrit en blanc « Je suis Charlie ». Nous arrivâmes à Montparnasse, les portes s'ouvrirent sur le quai où attendaient des centaines de gens.

Je fus prise d'une crise d'angoisse.

— On sort, je ne me sens pas bien !

— Christophe, on descend, ça ne va pas là, y'a trop de monde !

— Oui, on sort, mais on n'est qu'à Montparnasse…

Les couloirs de la station de métro étaient pleins à craquer. Je n'avais jamais vu ça, même en période de grève, même aux heures de pointe, ça grouillait de monde dans tous les sens. On ne pouvait pas s'empêcher d'imaginer que nous aurions pu être pris au piège comme des rats, face aux armes des terroristes, comme l'avaient été il y a quelques jours ceux morts pour notre liberté.

Les quais du métro devinrent inaccessibles, il y avait du monde jusque dans les escaliers qui menaient à l'extérieur.

— Je crois qu'on va y aller à pied… s'amusa Christophe… Réjane, j'espère que tu n'as pas mis des talons hauts ?

— De Montparnasse ? Ça fait une trotte ! répliqua Caroline.

— Marchons, on verra bien, répondis-je, mais sortons de là.

Nous revîmes la lumière du jour et prîmes une grande inspiration dans ce dimanche froid de janvier. Tandis que nous étions à plusieurs kilomètres de la place de la République, les rues se remplissaient peu à peu de milliers de gens qui avaient eu la même idée que nous : commencer la marche depuis l'autre bout de Paris.

— On va passer par Sèvres-Babylone, traverser la Seine puis rejoindre le Marais jusqu'à Bastille, ça vous va les filles ?

— Parfait !

Il faisait beau ce jour-là. Beau comme un jour de renaissance. Paris revêtait sa plus belle lumière d'hiver, les boulevards, les avenues, les rues et les ruelles bondés d'hommes et de femmes heureux d'être dans cette ville qu'ils aimaient tant, lui donnaient ses plus belles couleurs, celle de l'union, de la fraternité, de l'humanité. Nous convergions tous vers la même direction, et alors que nous arrivions seulement dans le Marais, les rues étaient si pleines que nous ne pouvions d'ores et déjà plus avancer.

C'était incroyable. Nous étions plusieurs millions à être descendus dans la rue. Une marée humaine. Nous étions si nombreux que nous faisions du sur place. Les rues, les trottoirs, les devantures des magasins, mais aussi les balcons, les fenêtres, les terrasses sur le toit : il y avait du monde partout. Chacun d'entre nous voulait clamer sa présence, les hommes, les femmes, mais aussi les enfants. Des petits, dont les parents avaient estimé bon de les faire entrer dans l'Histoire eux aussi, puisque c'était l'histoire de la France, de Paris, et de l'Humanité toute entière. Ces enfants qui grandiraient en ne connaissant pas l'avant, devaient croire encore en l'avenir, en construisant l'après. Cela serait dur bien entendu, mais ils auraient au moins vu que le bonheur existe encore. Qu'il est simple comme une poignée de mains, comme un signe à la fenêtre, comme un chant à l'unisson.

Parfois, quelqu'un entonnait les premiers mots de la Marseillaise et soudain, une vague venait envahir la foule prise d'une liesse incommensurable, « le jour de gloire est arrivé », « marchons, marchons », on se regardait, Caroline, Christophe et moi, mais aussi tous ces inconnus, ces milliers de gens qui avaient été touchés en plein cœur par la barbarie qui n'a pas de mots. Nous étions émus aux larmes. « Charlie ! Charlie ! Liberté ! »

Quarante-quatre chefs d'État et deux millions d'anonymes avaient fait le déplacement. Deux millions dont Frédéric, que je ne retrouvais plus, et moi. Je regardai mon portable. Réseau indisponible. Impossible de passer le moindre coup de fil, d'envoyer un seul texto.

— Fais voir ton portable, s'il te plaît, Caro.

— C'est pareil que le tien.

— Le mien aussi : pas de réseau.

Plus rien ne nous différenciait, et si quelqu'un venait à nous chercher, nous n'étions qu'un parmi la foule. Je ne retrouverais jamais Frédéric.

Nous avançâmes ainsi jusqu'à Bastille, il était de toute façon impossible d'aller plus loin. Après plus de trois heures de marche, nous décidâmes de rentrer, le jour commençait à tomber et nous avions faim et froid Caroline et moi.

— Je connais un très bon salon de thé, ils font de super gâteaux ! On y va ? On l'a bien mérité, non ?

— Oh oui, j'ai trop faim, y'a des cheesecakes ? me demanda Caroline.

— Ils en ont, et ils sont même délicieux !

— Toi, Réjane, ce n'est pas « je suis Charlie », c'est « je suis cheesecake », me lança Christophe.

Les rires et la vie reprenaient peu à peu leurs cours.

Assis dans notre salon de thé près du Panthéon, nous commandâmes trois chocolats chauds et trois cheesecakes.

— Alors, ce Frédéric ? me lança Christophe.

— Impossible de le retrouver avec tout ce monde, mais il m'a envoyé un message, il passe me chercher tout à l'heure à la maison !

Paris, 30 janvier 2015

Désormais, je voyais Frédéric presque tous les jours. Il venait me chercher au travail, je dormais chez lui, nous allions au cinéma ensemble. Je me sentais sereine et apaisée comme cela n'avait plus été le cas depuis des années. Pour autant, je n'avais pas cessé d'écrire à Armand. J'étais, bien évidemment, revenue en position de force ultime. Il l'avait bien senti d'ailleurs et m'avait même envoyé un « tu dois avoir rencontré quelqu'un ». Je lui avais demandé s'il était jaloux, il n'avait pas répondu. Je partais le lendemain à Étretat avec Aurore, nous avions décidé de passer le week-end là-bas, invitées pour ce que l'on appelle « une opération blogueur », autrement dit un week-end aux frais de la princesse.

Nous avions accepté, Aurore et moi, uniquement parce que nous étions ensemble, ce qui nous assurait deux jours de franche rigolade. Mais avant de partir, j'espérais voir Frédéric dont les préoccupations de santé ces derniers jours l'avaient rendu distant. Il devait en effet se faire opérer de la cornée dans les jours à venir. Ce soir-là, il avait décidé de ne pas me voir, prétextant un rendez-vous fixé depuis des semaines, une amie de longue date qu'il n'avait pas vue depuis plusieurs années. J'étais atterrée. Lui, si attentionné, ne m'avait jusque-là jamais refusé un rendez-vous. Au contraire, il avait toujours cherché à me voir le plus possible malgré ses impératifs de travail, de santé ou que sais-je encore. Je ne dis rien. Pourtant, je sentis que l'angoisse était en train de me gagner. Une peur panique venait me grignoter de l'intérieur. Et si tout s'arrêtait ? L'idée me semblait à nouveau insupportable.

Je partis le lendemain en fin de journée, gare Saint-Lazare, sans avoir revu Frédéric.

Le séjour fut en apparence très agréable. Nous étions dans un bel hôtel, nous mangeâmes à foison des mets délicieux, nous visitâmes toute la côte normande. Fangio profita des plages d'Étretat, et j'essayai de m'enivrer de l'air marin pour tenter d'oublier cet épisode contrariant d'un rendez-vous manqué.

Mais je ne pouvais pas m'en empêcher. Malgré la mer, l'air frais, les falaises aux allures d'un tableau de Monet, dont on ne sait plus qui en est l'auteur entre la vie et l'artiste tant tout est sublime, rien n'y faisait. J'attendais de nouveau inlassablement, un message, un signe de Frédéric, quelque chose, n'importe quoi.

J'écrivis à Armand. Je savais que lui au moins me répondrait. Oh, pas pour lui parler de mon mal-être, de ma tristesse, de l'envie que quelqu'un me dise qu'il est là, qu'il n'a pas envie de partir, de tout arrêter, de me laisser. Non. Il me répondrait si j'étais grivoise, salace, débauchée. Si j'étais la salope qui l'excitait, là il répondrait.

C'est fou comme les lieux les plus beaux peuvent aussi être les plus tristes. J'avais soudainement besoin de quatre murs, de mes quatre murs pleins d'humidité de la rue de Vaugirard. Ils me connaissaient, m'avaient vue sans fards, je n'aurais pas besoin de faire semblant. Ils ne me jugeraient pas. J'occultais tout le monde, je voulais entrer dans les abysses de ma solitude et n'en sortir que si un homme, un seul, pouvait me dire qu'il m'aimait. Finalement, ce n'était plus Frédéric, plus Armand, c'était une ombre, un spectre, un reflet qui vous renvoie seulement l'image d'être aimée.

Mes pressentiments se réalisèrent comme je l'avais imaginé. Armand me répondit, engagea une série de sextos qui me rendirent plus malheureuse que jamais et Frédéric finit par m'envoyer un message qu'il avait pris soin de ponctuer par des points et des virgules.

C'était quelque chose d'une prétention assez peu commune. Il m'annonçait que mes sentiments étaient bien supérieurs aux siens, qu'il avait vécu un mois très sympathique, mais qu'il n'avait plus envie de s'engager, car tout avait été très fort, mais tout était, aussi, très vite retombé.

Je pensai à notre rencontre, au weekend à Deauville, au Normandy Barrière, à son appartement, aux repas partagés ensemble, à sa voix, « tu es fabuleuse », « tu es belle », « tu es incroyable », aux nuits passées sans dormir, aux rires, à ce vinyle de Gainsbourg, mon préféré, Melody Nelson que nous avions écouté tous les deux, aux trajets en voiture, sa main serrant la mienne, au traiteur italien rue de Grenelle, au MacDo métro Charles Michel. Et puis voilà. Tout était retombé.

Je ne valais définitivement pas mieux qu'un sms de rupture envoyé un dimanche soir.

Paris, lundi 31 janvier 2015

Je pleurais. Je pleurais en permanence, n'importe où, n'importe quand. Au travail sur mon bureau, dans mon café, aux toilettes, dans la rue, au Monoprix, chez moi, au téléphone, dans le métro. J'appelais mes amis. Aurore, Rémy, Caroline. Je leur racontais sans cesse la même histoire. Que je ne comprenais pas ce qu'il se passait, que c'était sans doute moi le problème, mais qu'avais-je mal fait ? Je disais que la vie ne valait pas d'être vécue, j'appelais maman, elle me disait qu'elle priait bien pour moi et que ça allait aller. Il le fallait. Elle détestait me voir comme ça. « Je ne t'ai pas élevée comme ça ! », « Ça pourrait être pire si j'étais morte ! ». C'était sans doute vrai, mais si elle était morte, je le serais sans doute aussi.

Au lieu de ça, j'avais cette détresse qui ne cessait de m'alimenter. Une énergie de nervosité qui vous empêche de tout, même de dormir, cette petite mort que le corps tout entier réclame mais que l'esprit refuse de vous donner.

Je rentrais du travail et ne supportais plus ce monde qui, quelques jours auparavant, m'avait paru si incroyable. Tout était laid, sentait mauvais. Les gens étaient blafards, sales, répugnants.

J'appelais mon ami Rémy en sanglotant.

Lui avec qui j'avais passé le nouvel an seulement un mois plus tôt me voyait à nouveau effondrée pour quelqu'un d'autre cette fois. Frédéric, Armand et tous les autres ; qu'importe finalement !

Rémy, lui, était là. Je sanglotais si fort dans le métro. Des larmes d'enfant qui coulaient sur mon visage. Tout le monde me regardait avec gêne, tristesse et empathie. Nous étions sur la même ligne de métro, Rémy et moi. Quelle heureuse coïncidence. C'est drôle comme parfois, les instants brillent soudain d'un nouvel éclat. Je descendis à la station Pasteur et l'attendis, comme une asthmatique attend les secours.

— Ah, ma petite Réjane…

C'était sa façon de partager ma tristesse, de témoigner son empathie, soigner mon mal-être. Il aurait voulu m'apporter une solution, un miracle, comme un cadeau. Même s'il ne savait pas que ce cadeau, il me le faisait en me serrant dans ses bras.

J'arrivai déjà à mon arrêt.

— Allez, prend soin de toi. Ça va aller. Il était chelou ce mec finalement non ?

Je souris et vis les portes du wagon se refermer.

À la maison, Aurore et Fangio m'attendaient. Ma meilleure amie et mon plus fidèle compagnon. Il était là, l'amour. Je fus émue de voir ce que la vie m'offrait pour me consoler.

Grasse, le 8 avril 2000

— Réjane, ton père a appelé cet après-midi quand tu étais au collège. Il a annulé votre rendez-vous. Il n'a pas donné d'explication.

— Quoi ?

— Mais il doit y en avoir une, c'est certain. Il est peut-être coincé chez lui, avec sa femme.

— Il n'a rien dit ?

— Rien. Il a laissé un message sur le répondeur. Écoute-le si tu veux. Il dit qu'il est désolé mais qu'il préfère annuler.

— Donne-moi le téléphone, maman.

— Tu vas l'appeler ?

— Oui.

— Tu as raison, appelle-le.

— Ça ne répond pas. Moi aussi je vais laisser un message.

— Allô, bonjour Jean-Marie, papa, ou je ne sais pas quoi, c'est Réjane, tu te souviens ? On avait rendez-vous ce jeudi à Nîmes. Non, tu ne te souviens pas. Tu ne te souviens pas non plus que tu as eu une fille puisque tu n'as plus donné de nouvelles pendant neuf ans. Tu ne sais donc pas non plus que maman n'a plus de voiture et qu'elle s'est fait prêter de l'argent pour prendre des billets de train. Combien de fois m'abandonneras-tu encore ? Combien de fois ? Mais qu'est-ce que je t'ai fait ? Réponds ! Réponds bon sang ! Je te déteste, tu n'es qu'un lâche.

Paris, 8 février 2015

Je ne comprenais pas. Je retournais le problème dans tous les sens et à chaque fois arrivait à la même conclusion : le problème, c'était moi et je ne savais pas comment me résoudre. D'ailleurs je n'étais même pas apte à chercher une solution, à décider de quoi que ce soit, j'avais de nouveau rendez-vous avec mes angoisses, elles venaient s'installer près de moi dès le petit matin, me suivaient tout le jour jusqu'à la tombée de la nuit où elles devenaient plus voraces, m'engloutissant toute entière. Je me rendais à nouveau sur le site où j'avais rencontré Frédéric, je voyais qu'il ne s'était pas connecté depuis notre rencontre. Il avait suffisamment de classe pour que je ne le sache pas en tout cas. J'avais besoin de rencontrer quelqu'un, n'importe qui, pour me sentir exister à nouveau. Une collègue que je connaissais un peu avait justement quelqu'un à me présenter depuis des mois déjà. Un avocat. Encore un.

— Il s'appelle Geoffray, il a quarante-deux ans, deux enfants, fraîchement divorcé, c'est un très bon parti. Il a un bel appartement dans le 17e.

Je voyais soudain une lueur d'espoir éclairer ma vie.

— Il est comment ? Beau, sympa ? demandai-je.

— Tiens, j'ai une photo à te montrer. T'en penses quoi ? Il n'est pas terrible mais il a du charme, enfin il a quelque chose.

Il ne me plaisait pas du tout mais j'acceptai de donner mon numéro de téléphone, laissant le bénéfice du doute à cet inconnu qui, au final, n'avait rien demandé.

Peut-être qu'en « vrai », il aurait quelque chose de séduisant. Une voix, un geste, une éloquence, car finalement le physique ne m'importait peu. J'avais couché avec des dizaines de types que j'avais trouvés laids au premier abord.

Après une dizaine de textos échangés, ce fameux Geoffray finit par me donner rendez-vous dans un bar du huitième arrondissement, près de son lieu de travail.

Je n'avais aucune envie d'aller à ce rendez-vous. Je pensais à Armand. Celui par qui tout était arrivé. C'était à cause de lui que j'avais rencontré Frédéric, que j'avais souffert à nouveau et que je me retrouvais sur ce trottoir de l'avenue de Wagram dans le froid, un mardi soir de février à espérer une main tendue. Je lui écrivis. J'écrivis à Armand tandis que j'en attendais un autre : « J'ai envie de te voir ». Rien d'autre. J'envoyai, et la bulle bleue apparut sur mon téléphone comme une jolie missive d'antan distribuée par le facteur, il avait reçu mon message.

Entretemps, Geoffray était arrivé. À peine étions-nous entrés dans ce bar aux allures coloniales que je cherchai un moyen de m'en échapper. Attablée, je regardai cet homme sûr de lui. Il avait l'assurance d'un avocat d'affaires qui gagne beaucoup d'argent. Il parlait fort, de choses inintéressantes, n'avait aucun tact, aucune élégance. Dans ses vêtements déjà. Il portait une veste de costume noire imprimé lézard, une chemise satinée ouverte sur son torse aux poils frisés, certainement présents pour combler une terrible calvitie, une énorme Breitling en or jaune qui prenait toute la place. On ne voyait qu'elle, à l'image de sa vulgarité qui peu à peu remplissait toute la pièce. Il commanda de l'alcool bien entendu. Une pression. En pinte.

Je commandai un Coca. Non, je ne bois pas. Parce que je n'aime pas ça. C'est étrange ? Ah, bon.

Désolée. Désolée d'être là, désolée pour toi, désolée pour tout ça.

Je pensai à partir et sortis le téléphone de ma poche sans aucune discrétion.

Armand m'avait répondu.

> Déjeuner demain ?

Mon Dieu que j'étais heureuse. J'en aurais pleuré. Un sourire immense éclaira soudain mon visage. Je devins aimable, joviale, m'intéressais à toutes les histoires de ce pauvre Geoffray, ris à ses blagues, puisque j'avais retrouvé la source de toute mes joies, puisque soudain le bar n'était plus glauque, la bière était sympathique, et que je n'aurais plus jamais affaire à ce pauvre type. Je voyais Armand le lendemain. Il venait déjeuner avec moi. Plus rien d'autre ne comptait.

— T'as faim ? Je n'ai pas eu le temps de manger encore… J'aurais bien envie de bulots, attention hein, j'ai pas dit des moules, te méprends pas ! Non mais sans blague, boulevard des Capucines, au Café de la paix, ils ont des bons fruits de mer, ça te tente ?

— Pourquoi pas.

— Allez !

Grasse, février 2003

— Allo ? Oui, 11 h 30, très bien on vous attend. Vous devrez aller au parking, il n'y a plus de places pour se garer dans la vieille ville… À tout à l'heure.

— Ils arrivent ?

— Oui ma chérie, mets-toi un peu de rose à joues, tu es toute pâle !

Maman s'agitait dans le salon de ce petit appartement. Elle passa un coup d'éponge sur la table, remit les fleurs en place, s'assit sur le canapé recouvert pour ne pas que le chat le salisse, chat qui d'ailleurs, s'était vu relégué dans la chambre, puis elle se releva, vérifia son reflet dans la vitre de la bibliothèque et m'observa à nouveau. Elle avait ce sourire en coin, mélange d'appréhension et de hâte, des moments dont on sait au fond de nous qu'ils changeront le cours des choses à jamais. On en parlera des jours, des mois, des années encore, décortiquant tout, se rappelant avec humour des moindres détails que, de connivence, nous aurions repérés chacune de notre côté sans même avoir besoin de se parler.

Elle retrouvait son amant d'antan, j'essayais de trouver un père.

C'était un samedi, mon jour préféré de la semaine, que cet homme avait décidé de venir jusqu'à notre domicile, accompagné de sa fille aînée, âgée d'une trentaine d'années, et qui de fait, se trouvait être ma demi-sœur.

La sonnerie stridente de l'interphone vint soudain rompre cette attente interminable. Ils étaient là. Maman se précipita vers la porte d'entrée et passa la main dans ses cheveux tout en leur indiquant l'étage. Je me levai, gênée, ne sachant comment me mettre dans mon corps d'adolescente pour accueillir celui qui, je le croyais, n'était qu'un étranger. La porte du salon entrebâillée, j'entendis leurs pas lents dans l'escalier en pierres, leurs voix hâtives, reprenant leur souffle dans ce couloir plein d'humidité, comme le sont tous ceux des vieilles villes. Ils cherchaient leur chemin dans le noir quasi-complet de cette entrée, leurs yeux pleins de lumière ne s'étant pas encore habitués à la l'obscurité.

— Attendez, je vous allume !

Maman allumait la lumière. Elle allumait toujours la lumière.

— Ah ben dis donc, faut faire attention de ne pas se blesser en venant chez vous !

C'étaient les premiers mots de Catherine. Ou Corinne. Ma demi-sœur. Je ne la reverrais jamais.

Elle serra la main de Maman, puis la mienne, établissant d'entrée une distance qu'elle souhaitait maintenir, entre la maîtresse de son père et sa fille illégitime.

Il apparut à son tour, au virage de l'escalier. On aurait dit un Lord. Lui qui connaissait cet appartement coupé en deux, son couloir moisi dont les marches venaient à s'effriter, sa vue qui vous laissait entrer dans la vie des voisins, ses fenêtres sur rue animée, sa chaleur de vivre, lui, avait décidé de mettre sa tenue d'apparat pour rendre honneur à maman et moi, nous témoignant ainsi notre importance. Celle d'une vie d'avant où il avait encore du pouvoir et de l'argent.

Il portait un costume gris chiné de violet, une chemise ton sur ton. Si l'on sait tous à quel point ces couleurs sont difficiles à manier, celles-ci font preuve d'une élégance rare lorsqu'elles sont parfaitement maîtrisées. Un béret anthracite Kangol sur la tête, une canne en acajou dont il n'avait nulle nécessité dans sa main droite, une paire de souliers à boucles. Lustrés, rutilants.

Il avait soixante-dix-ans.

Je ne sais plus quels sont les premiers mots qu'il m'a dits. J'étais bien trop occupée à observer ce personnage haut en couleurs.

Je sais que très vite, la réalité reprit le dessus et nous nous trouvâmes, maman et moi, au sein de ce quatuor aux allures de vaudeville dont je cherchais l'issue la moins embarrassante possible.

Maman et Catherine nous laissèrent quelques instants seul à seul, lui et moi.

De cet unique moment ensemble que la vie nous a donné, il n'est rien resté. Des paroles sans intérêt échangées entre une adolescente et un père en faux-semblant. Il était aliéné. Par sa femme, sa fille, sa vie ailleurs. Je le savais. Et cela m'importait peu, à dix-sept ans, on ne sait pas encore lire entre les lignes.

Il avait mis ses plus beaux habits.

Paris, 9 février 2015

Les heures qui avaient suivi la réception de ce message d'Armand à 21h18 n'avaient été qu'une succession de douceur, de souvenir, de hâte et d'apaisement indescriptibles. J'allais enfin le retrouver pour déjeuner dans le restaurant où je l'avais vu pour la première fois, ce fameux lundi pluvieux de septembre. Mais aujourd'hui il faisait beau, un ciel bleu, franc, venait éclairer les petites rues étroites autour de la rue Richer. Cette fois, c'était lui qui attendrait. Je prendrais un certain plaisir à arriver quinze minutes en retard, prétextant un article de dernière minute à terminer.

J'entrai dans ce restaurant comme si c'était la première fois. Je cherchai du regard l'homme que je n'avais plus vu depuis plus d'un mois, avant Frédéric, avant les attentats. J'espérais au fond de moi ne plus lui prêter d'intérêt, être guérie. Mais je savais que cette hâte qui faisait battre mon cœur si fort, frémir mes membres et redresser ma poitrine n'étaient pas les symptômes d'une quelconque rémission.

Je le remarquais depuis l'autre bout de la salle. Assis, de dos, je voyais ses boucles cendrées, son costume bleu-marine, il était à l'heure cette fois, je souris malgré moi. Mille émotions me traversèrent, car ce moment je l'avais vécu quelques mois auparavant dans ce même restaurant. Je l'avais vécu avec la nouveauté d'une relation naissante, la hâte des surprises que la vie vous réserve, mais aujourd'hui je le vivais en pleine conscience, sachant déjà que quoi qu'il arrive je serais envahie d'un trouble innommable. De ces égarements qui vous font oublier qui vous êtes. Je suivis mécaniquement le serveur qui m'amenait jusqu'à la table tout en arrangeant mes cheveux, croisant mon reflet dans le miroir. J'avais envie de m'arrêter net dans la salle parmi les gens, de stopper le serveur. Attendez. Attendez, une minute.

J'avais tellement d'appréhension. J'avais peur. Et s'il ne me trouvait plus belle. Plus comme avant.

Il m'avait peut-être invitée pour cela d'ailleurs. Se rendre compte qu'il ne retrouverait plus jamais l'alchimie si forte, l'amour sur-mesure, les caresses vers l'infini, les baisers qui arrêtent le temps. Et s'il me regardait avec affection, gentiment, les yeux pleins de pitié de quelqu'un qui vous détruit mais vous aime bien quand même. Je ne le supporterais pas.

J'arrivai à sa hauteur, et, reconnaissant le pas de mes talons j'imagine, il se retourna. Si je n'avais jamais douté de sa capacité à éclairer mes nuits, je remerciai la vie de m'accorder des instants de joie que je n'avais même pas imaginés jusqu'ici.

— Tu es très élégante, comme d'habitude.

J'avais quinze ans. C'était le premier amour, le seul, l'unique.

— Merci, tu n'es pas mal non plus, c'est une nouvelle cravate ?

Je reconnaissais ce pétillement, le crépitement d'une flamme dans la cheminée, le cliquetis de la pluie sur un Velux, le champagne qui pétille dans une flûte, une bougie allumée dans le noir, un réveil sous la neige un matin d'hiver, l'explosion d'un feu d'artifice dans le ciel, un baiser dans le cou, une lumière de printemps, un lit défait, la liesse d'une victoire, une accolade, un souvenir nouveau.

— Je l'ai mise spécialement pour toi, tu aimes ?

Ses yeux, les miens, tout se confondait. À certains moments, le trouble fut tel que je ne pus soutenir ses regards et détournai mon attention sur le menu, les passants, les gens attablés. Puis soudain nos regards se croisèrent à nouveau et s'attachèrent quelques secondes. Des secondes distendues, d'une force inégalée. Mélange des images passées et de souvenir à inventer. Ses pupilles noires dilatées dans ses yeux verts vinrent me happer toute entière comme une araignée vient tisser sa toile, lentement mais inévitablement. Et je me laissai faire, pire encore, j'en redemandai.

— Elle est très belle. Ça va sinon ?

Prends-moi la main. J'en ai rêvé chaque seconde qui m'a séparée de ton corps. Touche-moi. Ta peau, je veux ta peau contre moi. Effleure-moi de tout ton être. Je t'aime tant. Je ne sais pas pourquoi ni comment, il n'y a pas de raison. Je t'aime d'un amour primitif, sauvage, animal. Je n'y suis pour rien finalement, toi non plus ; c'est une alchimie, une combinaison. Quelque chose qui a ouvert la boîte à musique de mon cœur. Une passerelle entre l'enfant que j'étais et celle que je suis devenue. Ce sont tes yeux. Ils me regardent comme si j'étais nouvelle, ils me font aller mieux. C'est ta voix, elle me caresse à chaque mot. C'est toi Armand. Toi que j'aime plus que quiconque.

Il se leva de sa chaise et vint s'assoir tout près de moi sur la banquette. Sa main droite enfoncée dans le cuir, il se pencha jusqu'au creux de mon cou.

— Regarde la table d'à côté.

C'était Valérie Trierwieller. L'ex-Première Dame. Elle déjeunait avec un ami. Elle était belle, avait une voix douce et de beaux cheveux. Armand était seulement à quelques millimètres de moi, je sentais l'appel de son corps face au mien. Cette résistance si fine qui ne demande qu'à voler en mille éclats.

— C'est une belle femme ! Plus belle que dans les médias…

Elle disait à son invité : « Tu sais oh combien je peux être jalouse… » Nous avions envie de rire, Armand et moi. Oui, son invité devait savoir à quel point elle pouvait l'être, comme à peu près tous les Français et même le reste du monde qui avaient lu, ou au moins vu, la couverture de son roman « Merci pour ce moment ». J'avais de l'empathie pour cette femme bafouée et pourtant détestée par tous. Elle avait dû terriblement souffrir pour être aussi amère.

Moi, j'avais l'impression de ne pas avoir vu Armand depuis des années, ce qui était stupide car je ne le connaissais que depuis quelques mois. Mais non en fait, c'était normal, rien de plus normal, puisqu'il avait arrêté les pendules, fait passer le temps plus vite et bien trop doucement dans ses absences. Je ne me rendais plus compte des drames qui nous entouraient, du travail chiant à mourir, de la mort qui nous guettait, du froid autour. Moi je n'étais amère de rien, reconnaissante de tout. Sa présence me guérissait des profondeurs où je n'allais que rarement car elles me faisaient trop peur, des sentiments, de la mélancolie éternelle, des vagues à l'âme d'enfant.

Cette rencontre était différente. Déjà parce que je le voyais en pleine journée ce qui n'arrivait jamais, et puis parce qu'elle était pleine de choses dites avec les yeux. Nous ne nous étions pas vus depuis un mois. J'avais rencontré Frédéric, Geoffray, et d'autres que j'avais déjà oubliés. Ces hommes tous différents m'avaient accompagnée dans ma quête de l'amour, dont seul Armand semblait être la réponse. Je ne me sentais vivre que dans cet éréthisme des sens, cette tension folle, cette douce ivresse.

Immédiatement j'avais ressenti cette magie que seuls deux êtres passionnés peuvent connaître. Cette fougue était restée intacte, depuis des jours. Elle sommeillait chaque heure où nous étions éloignés l'un de l'autre, et la seule présence de nos êtres suffisait à anéantir tout le reste dans une adoration complète de nos chairs.

Je le savais, nous chérissions cet instant où l'autre ne nous appartenait pas encore pleinement. Chaque geste, conscient ou non, les soupirs, les rires, les jambes croisées, décroisées, les lèvres entrouvertes n'étaient que pour lui, n'étaient que pour moi. Il était mon idole, mon héros retrouvé.

Et ce fut le cas. Ce déjeuner terriblement érotique terminé, nous nous quittâmes à l'orée de la rue Richer sans jamais s'être embrassés ni même touchés. Pourtant, nous le savions, toutes ces secondes n'avaient été qu'une longue promesse d'une sublime perdition que nous avions déjà commencée lui et moi.

L'après-midi qui suivit fut des plus voluptueuses. Tandis que nous étions astreints à nos travaux respectifs, les missives fusèrent dans un élan d'érotisme sans pareil. Nous nous étions créé un monde où seule notre union était permise. Qu'il était bon, des heures entières, de s'écrire, comme l'ont fait bien avant nous des milliers de couples célèbres ou anonymes, dans la légalité ou l'adultère. Des centaines de messages dont les premières lettres suffisent à exciter vos sens, votre esprit, votre imaginaire, votre capacité à vivre une vie autre que celle qui vous est proposée.

Je prenais un malin plaisir à voir mes abrutis de collègues travailler, ils n'avaient définitivement rien compris. Tandis qu'ils effectuaient mécaniquement leur tâche, je m'évadais dans des contrées fabuleuses de plaisirs interdits. J'avais envie de rire, leur dire que j'avais gagné, puisqu'Armand était revenu, il était là, ils s'étaient trompés.

Et Frédéric ?

J'appris quelques jours plus tard, ô joie d'Internet et des réseaux sociaux, qu'il avait rencontré une autre fille et l'avait emmenée… à Deauville.

Nul, comme tous les autres. Il ne valait rien finalement. Il ne valait que lorsqu'Armand avait disparu. Il avait joué à la perfection son rôle de pansement, il ne m'avait servi qu'à aimer Armand plus fort.

Dans l'après-midi je reçus un message d'Armand :

> Ce soir, vingt et une heures ?

> Oui. Plus que jamais.

Paris, 15 février 2015

Allongée sur le canapé, je fermais les yeux et atteignais une plénitude anesthésique. Une chape de plomb venait chaque fois s'étendre sur tout mon corps, paralysant mes sens, immobilisant mon esprit. Dans ces moments obscurs, je défiais la mort. Elle pouvait venir maintenant, je l'attendais, je n'en avais plus peur. J'aurais pu la regarder en face et lui dire que la vie m'avait déjà tout pris. Je ne lui en voulais pas, je n'en n'avais d'ailleurs jamais voulu à personne. Je n'y arrivais pas. Les hommes, tous, les pires de mon existence, n'avaient jamais attisé ma haine et ma rancœur. J'avais tout pris pour moi, conservé leur indifférence dans les archives de ma mémoire.

J'avais le sentiment qu'un souffle chagrinant enveloppait mon visage jusqu'à l'asphyxie. C'était glacial, amer, aigre. Puis oppressant. J'aurais voulu avoir quatre ans pour que maman puisse me consoler d'un geste tendre. De cet amour qui ne passe pas, ne s'étiole pas, n'est pas victime du temps.

Pour aimer il faut pardonner. Tout, sans cesse. Les maladresses, les faiblesses, les trahisons, les erreurs. Il en faut un Amour infini. Un Amour divin.

Je n'avais plus de nouvelles d'Armand depuis cette soirée. Cette soirée folle où nos retrouvailles avaient été plus intenses que jamais. Plus le temps passait, plus les tensions s'élevaient jusqu'à éclater dans un orage sublime, magistral et terriblement romanesque. Et depuis que j'avais repris un taxi pour rentrer au 317, ma vie m'apparaissait comme une longue attente d'une quelconque manifestation d'Armand qui devenait parfois insupportable. Alors, je lui écrivais. Je n'osais jamais l'appeler, c'était trop intrusif, brutal, spontané. Je lui écrivais que je voulais déjà le revoir, qu'il me manquait. Il me répondait :

> Écoute, Réjane, je te l'ai déjà dit,
je n'ai pas de sentiments amoureux pour toi.

> Mais tu aimes passer du temps avec moi ?

> Oui, je t'apprécie beaucoup,
et les nuits avec toi sont vraiment
exceptionnelles, incomparables même.

> Pourquoi te sens-tu obligé
de me répéter sans cesse « je
ne suis pas amoureux de toi » ?

> Je veux que ça soit clair.

> Ça l'est.

> Très bien alors ;)

Je fus dévastée, comme à chaque fois. Mais je ne cessai malgré tout pas de vouloir me raccrocher à n'importe quelle bribe pouvant me faire penser qu'il m'aimait. Je me trouvai pathétique. Je repassai en boucle toutes ces images enregistrées les jours précédents. Je lui avais demandé ce qu'il aimait chez moi, à défaut de m'aimer tout court. Il avait répondu mon côté femme-enfant, Lolita, « tu es ma Lolita », je l'entendais me le dire. J'adorais ce livre, la force des émotions, la folie d'Humbert-Humbert. Il avait bien saisi qui j'étais. Une enfant qui n'avait jamais grandi. Il le savait et me traitait comme telle avec une tendresse qui n'appartenait qu'à lui.

Il fallait du temps. Il n'y avait que ça. Tous les mots des proches réconfortants, les rues de Paris, les caresses de Fangio ne pouvaient plus rien pour moi. Je repartais de zéro dans la reconquête d'Armand, puisque j'en avais trop voulu tout de suite. J'étais désormais punie de ma hardiesse par une absence dont je ne connaissais pas la fin et me paraissait dès lors interminable.

Grasse, avril 2003

rejdl@aol.com à jmcaizergues@wanadoo.fr< 7 avril 2003 : 14h02>

Coucou !
J'espère que tu vas bien ? Moi ça va. Je suis contente d'être enfin en week-end... La semaine a été longue au lycée, on se prépare au bac blanc de français. Je lis Candide de Voltaire en ce moment. Tu connais ? Je crois que c'est un des premiers livres qui me plaît vraiment ! Pourtant en 1re L on devrait s'intéresser à tous les livres, non ? Je ne sais pas. Je n'arrive à m'intéresser qu'aux choses qui me plaisent...

Maman est allée répéter à la cathédrale pour les messes de Pâques. Je crois qu'elle m'a déjà acheté un œuf (j'espère qu'elle ne le mangera pas d'ici dimanche :))

J'ai eu de nouveaux habits aussi : une robe avec des perroquets et un pantalon beige pattes d'eph, c'est très joli, je te montrerai ! Maman m'a toujours dit que tu aimais beaucoup t'habiller, que tu étais toujours très élégant ! J'ai vu ça lorsque vous êtes venus à la maison avec Catherine.

Je te laisse, je vais rejoindre une copine...

Bisous,

Réjane

jmcaizergues@wanadoo.fr à rejdl@aol.com < 7 avril 2003 : 15h33>

Hello !
Je vais bien merci et suis heureux de voir que toi aussi. Je m'apprêtais justement à t'écrire lorsque j'ai reçu ton e-mail. Ici, tout est très calme. Je vais aller à Nîmes faire quelques courses dans l'après-midi, en attendant je jardine. J'aime me lever tôt pour apprécier les premières lueurs de printemps. Et puis, je suis heureux car mes premiers crocus ont fleuri, c'est donc officiellement le début des beaux jours…

Embrasse bien ta mère,

Bises,

Papa

Paris, février 2015

C'était comme ça, inévitable, dans l'air. Plus je m'accrochais à Armand, à mes souvenirs, plus il était loin, irrattrapable. Il avait une longueur d'avance sur moi que je ne comblerais jamais, quoi que je fasse. Il me le répétait pourtant bien assez souvent ? Je ne t'aime pas. Que peut-on faire à cela ? Rien. Et pourtant je refusais d'y croire. Je me persuadais que ses regards, ses gestes et ses caresses n'étaient que pour moi. Je m'accrochais aux moindres interstices de son âme qu'il m'avait permis de regarder, à l'amour que j'avais cru entrevoir dans son désir, aux messages qui m'avaient sauvée du vide.

Je sentais le poids d'une vie que je ne supportais plus. Les joies que me procurait Armand étaient si intenses, si pures qu'elles m'approchaient d'un sentiment béni qu'il m'était difficile de retrouver dans une vie où les sentiments sont si calibrés. L'enfant perdue dans mon corps d'adulte venait frapper à toutes les portes, essayant de trouver une sortie de secours parmi toutes les voies sans issue de ce monde qui ne laisse plus de place aux passions dévorantes.

Je sentais la Réjane de trois ans, cinq ans, sept ans, battre la porte indestructible qui la séparait d'une plénitude qu'elle ne retrouverait jamais. Je la sentais frapper de ses petites mains frêles cette avec une hargne telle que seuls les fous connaissent. Sous la carcasse de ma poitrine elle se débattait avec violence. Pourquoi ? Pourquoi m'as-tu fait ça ? Pourquoi m'as-tu abandonnée ?

Elle rouait cette porte de coups de pieds jusqu'à l'abattre, jusqu'à ce que les lattes en acajou se dérobent, et s'y attelait de plus belle, avec violence et rage qui n'avaient jamais connu de pareil. Les larmes coulaient sur mon visage, j'aurais voulu la sauver cette petite fille, lui prouver que le temps fait ses œuvres et qu'il est possible de tout surmonter, mais qu'il est des destins parfois écrits à votre place. J'aurais voulu lui dire que derrière la porte se trouvait l'amour infini. Je l'aurais prise par la main et aurais traversé avec elle ce temps qui nous défigure. Mais je n'avais pas grandi et le temps n'existe pas pour les chagrins d'enfant.

Il n'existe que des subterfuges, des placébos, des faux-fuyants qui, comme des béquilles vous font avancer sans marcher vraiment.

L'échappatoire ce jour-là, c'était Armand, mais il ne m'en restait que des souvenirs.

Alors je prenais un Xanax. Une demi-heure après, j'étais apaisée. Calmée. Et trouvais la force de tout recommencer.

Et si je laissais une chance à Geoffray, ce type qui m'avait emmenée au Café des Capucines. Après tout, s'il m'aimait, peut-être qu'il me plairait ?

Pour une fois Geoffray n'était pas une rencontre d'Internet. Et je l'avoue, même s'il ne me plaisait guère, je fondais tous mes espoirs dans la perspective d'une histoire dont l'amour, le désir et l'envie seraient venus à force de temps et de charmes déployés pour me séduire. Je décidai donc d'envoyer un message à celui que j'avais laissé sans nouvelles quelques jours auparavant et qui n'avait pas daigné en donner non plus. Je dois admettre que son silence depuis notre soirée au Café des Capucines avait titillé mon ego. Certes il ne me plaisait pas mais ce n'était pas une raison pour que moi, je ne lui plaise pas en retour.

J'écrivis quelque chose de banal, sans intérêt, pour manifester ma présence.

> Salut, tu vas bien ?

Il me répondit quelques minutes plus tard.

> Oui et toi depuis l'autre soir ? Désolé, j'ai eu beaucoup de boulot ces derniers jours...

> Pas de souci, j'ai été beaucoup occupée aussi.

Puis plus rien. Il répondait donc simplement par politesse. Non. Un homme ne répond jamais par politesse. Il voulait encore me garder sous le coude, au cas où. Mais ne témoignait aucun intérêt. J'enrageais. J'avais besoin de sentir quelqu'un près de moi, prêt à me faire tout oublier, et surtout qui j'étais. Je lui proposai donc de le voir.

> Quelque chose de prévu ce soir ?

Il me répondit instantanément.

> Non, je suis avec mon fils à la maison, tu veux passer ? On pourra se mater un film.

C'était une proposition qui me convenait. Après tout pourquoi pas.

> Avec plaisir, je passe vers quelle heure ?

> Tu veux passer maintenant ? Comme ça tu dînes avec nous ?

J'étais sciée. Nous nous étions vus une fois seulement et déjà il me proposait de dîner avec son fils.

> Très bien. Rappelle-moi ton adresse.

> 45, avenue de Wagram dans le 17e Code 2362. Deuxième étage.

Je me préparai sans trop savoir pourquoi, mais j'avais retrouvé le sourire. J'aimais cette vie improvisée. Et puisque j'étais un peu perdue, autant se perdre complètement dans les autres. Je serais ce soir avec Geoffray et l'on verrait bien ce qu'il adviendrait. Peut-être que je le trouverais touchant, lui et son enfant dont j'ignorais jusqu'au prénom. Et puis, de toute façon, qu'avais-je à faire de mieux ? J'enfilai un jean, une paire d'escarpins bicolores et un pull très large qui laissait découvrir une épaule. Je me remaquillai légèrement, me parfumai la nuque, les poignets, la poitrine. Je pris ensuite une grande respiration et commandai un Uber.

Je quittai l'appartement du 317, embrassai Fangio qui comprit que nous ne passerions pas la soirée ensemble et dont le regard m'attrista, fermai la porte d'un tour de clé et descendis les cinq étages pour me jeter dans la grosse berline noire qui m'attendait déjà.

— Bonsoir. Réjane ?

— Oui, c'est moi. Bonsoir.

Combien de voitures avais-je prises pour traverser Paris, pour aller retrouver les uns, les autres, mais toujours vers de nouvelles adresses, la nuit. J'avais l'impression dans ces moments d'allégresse que tout m'était permis. Une adrénaline m'envahissait, mêlant joie, hâte et désespoir.

Bien sûr que ce n'était pas Geoffray que j'avais envie de retrouver.

J'avais beau faire semblant d'y croire, la seule adresse que j'espérais donner au chauffeur était celle d'Armand. À n'importe quelle heure du jour ou de la nuit.

— 45, avenue de Wagram ?

— Oui. 45, avenue de Wagram.

— Alors c'est parti !

J'arrivai chez Geoffray.

Je sortis de la voiture et me précipitai vers sa porte pour composer le code. Il pleuvait des cordes ce soir-là. Je montai les deux étages d'un pas rapide jusqu'à sa porte d'entrée. Mais laquelle ? Celle de droite, ou de gauche ? Je pris mon téléphone pour appeler Geoffray lorsqu'à la deuxième sonnerie il ouvrit sa porte d'entrée.

— Désolée, je me demandais si c'était celle-ci ou bien la gauche.

— J'ai tout l'étage. Mais celle de droite est officiellement la porte d'entrée.

J'entrai dans cet immense appartement haussmannien. Geoffray avait de l'argent, et il le montrait. Des lustres au parquet, aux immenses canapés en cuir en passant par les œuvres d'art au mur, tout servait ici à prouver qu'il avait réussi, et plus qu'il n'en fallait.

— C'est très beau chez toi !

Je mentais. Chaque objet coûtait une fortune mais n'avait pas d'âme.

— Merci ! Tout est à moi. Ma femme s'est quand même barrée avec la moitié des meubles, enfin la vie, tu sais comment c'est… Ah ben non tu ne sais pas, t'as pas encore été divorcée, t'inquiètes pas ça viendra ! Hahaha. Au fait, je ne t'ai pas présenté Jérémie, mon fils.

Je me tournai vers cet enfant absorbé par sa tablette électronique.

— Bonsoir Jérémie ! Tu as quel âge ?

— Salut. 13. T'es la nouvelle copine de papa ?

— Euh, non. Enfin oui, je suis une amie.

— Sacré Jérémie ! T'as faim, Réjane ? J'ai préparé des croque-monsieur.

— Oui un peu. Je vous ai amené des macarons pour le dessert.

— C'est bien gentil, pose ça quelque part.

Installés sur la grande table en marbre qui trônait au milieu de ce salon, nous commençâmes notre repas. Je ne savais pas quoi dire, je ne m'étais jamais sentie moins à ma place qu'à ce moment précis. Je regardai cet adolescent qui, je présume, avait dû voir défiler plus de filles qu'il n'en avait vues tout au long de sa scolarité. J'essayai de paraître sympa. La fille cool qui vient passer un samedi soir chez un pote. Ou quelque chose comme ça.

— T'as Instagram toi ? me demanda Jérémie.

— Euh, oui. Enfin non. Non je l'ai plus.

— Tu l'as ou pas ? insista-t-il.

— Jerem', laisse-là tranquille. Bon on regarde un film ? Jérémie, choisis !

— Le Crocodile du Botswanga !

J'eus soudain envie de partir en courant.

— Marianne ? Oh putain la boulette ! Réjane… Désolé, non mais c'est parce que j'ai une pote qui s'appelle Marianne. Ça finit pareil, hein désolé. Tu te vexes pas hein ?

Geoffray m'attrapa la main et me lança un regard qui se voulait complice.

— T'inquiète, pas de problème.

Je n'étais plus à ça près.

— Ça te va ? Bon, c'est pas du Godard hein ! Toi, t'as une tête à aimer Godard, je me trompe ? Mais ça a l'air marrant, puis après Jerem' ira se coucher. Tu restes ?

Il était encore temps que je m'en aille. Tout me poussait à partir. Tout. Des excuses pour me sauver, j'en avais déjà trouvé mille. Mais là je n'y arrivais pas. Rentrer c'était encore échouer. Puis si je rentrais, je ne cesserais jamais de penser à Armand. Tant pis.

— Oui, je reste.

Le film était terminé. Jérémie couché.

Et alors même que nous ne nous étions jamais embrassés, jamais touchés, Geoffray se jeta sur moi. De tout son poids il vint s'allonger sur mon corps, me contraignant ainsi à avaler son énorme langue visqueuse. Je me sentis prise au piège. Pourtant c'est bien moi qui étais venue chez lui, qui avait même décidé de rester alors que j'aurais pu m'enfuir quand il était encore temps.

Jamais je n'ai eu plus de dégoût en embrassant quelqu'un. Il était lourd, tellement lourd sur mon corps. Il m'embrassait salement, sans finesse, lapant mon visage comme un chien. J'ouvris les yeux pour enregistrer toute la scène. Ces baisers ne devaient être associés qu'à lui. Je ne pouvais pas fermer les yeux et penser à Armand. Armand. Lui dont les baisers étaient si doux, lui dont le moindre touché suffisait à me renverser. Pourtant j'étais bien là, sur un grand canapé en cuir d'un appartement de l'avenue de Wagram. Je voyais le crâne luisant de Geoffray briller contre ma poitrine, j'entendais son souffle court, le souffle d'un porc contre moi qui cherchait au bout de quelques minutes à peine à glisser sa main dans ma culotte.

Je ne dis rien. Je le laissai faire. Il n'avait qu'à faire de mon corps ce qu'il voulait après tout, mon esprit était ailleurs. Il aurait mon corps, mais rien de plus. De toute façon, qu'aurait-il voulu d'autre ?

— Viens, on va dans ma chambre…

— Ok.

Dans sa chambre, il n'alluma pas la lumière. Pas même une veilleuse. Il faisait nuit et seuls les réverbères de l'avenue de Wagram laissaient pénétrer un peu d'éclairage dans cette chambre teintée de gris que je ne verrai jamais en plein jour. Je m'allongeai sur ce lit sans amour et enlevai mon pull, mon soutien-gorge, mon jean et ma culotte. Geoffray en fit de même. Il n'avait maintenant plus que sa chaîne en or sur sa poitrine en guise d'apparat et son sexe à demi mou.

Ma peine fut de courte durée. En seulement quelques minutes, il se mit à jouir dans un râle débectant, puis s'étala sur le flanc à côté de moi. Je restai quelques minutes immobile, allongée sur le dos, regardant les ombres des arbres qui se reflétaient sur ce mur gris. J'entendais leur bruissement sous le vent, remplies de quelques gouttes de pluie, devenues trop lourdes, elles vacillaient jusqu'à se vider de tout leur soûl dans un dernier clapotis sur la gouttière. J'étais l'une d'elles lorsque je fus interrompue par un bruit animal.

Il ronflait. Geoffray s'était endormi et désormais il ronflait.

Je rassemblai toutes mes affaires, me rhabillai en silence et appelai un Uber. Dans la pénombre, je quittai cet appartement et cet avocat sinistres.

Paris, février 2015

Je ne sais pas vraiment comment, mais je parvins à me relever de ces périodes abyssales, peut-être parce que j'y croyais toujours. J'avais appris à vivre avec cette mélancolie permanente qui vous accompagne du soir au matin avec une fidélité sans faille. Parfois, elle se planquait, derrière un rire, un déjeuner, une nouvelle paire de chaussures. Et l'espace de quelques heures, vous faisait croire qu'elle avait presque disparu. Puis elle revenait vous chercher à la tombée du jour, au détour d'un souvenir, vous rappelant inlassablement le temps qui passe et contre lequel ni vous, ni personne ne peut rien. Ma grand-mère disait souvent cette phrase, alors même que je n'avais pas dix ans, « tu vois tous ces gens ? Eh bien dans cinquante ans, allez, cent ans pour toi, y'a plus personne ». Une sorte de constat, indéniable, de la petitesse de nos êtres et davantage encore de nos chagrins emportés dans ce film dont nous connaissons la fin. Une fatalité aussi. Les choses arrivaient certainement parce qu'elles le devaient, il ne restait plus qu'à les accepter.

Ainsi, j'acceptai de ne voir Armand que lorsqu'il le décidait. J'aurais pu agir et mettre un terme à nos entrevues mais je ne le voulais pas. Je prenais toutes les parcelles de bonheur qu'il m'accordait, sans égo, comme les caresses qu'on donne à un chien. À quoi bon avoir de l'orgueil ? L'idée de ne plus jamais le revoir m'était insupportable. Bien plus que celle de sauver mon honneur. Je faisais avec et, comme nous l'avions toujours fait maman et moi, courbais le dos sous la tempête en attendant des jours meilleurs.

On sonna à la porte. Un samedi matin, à onze heures. Aurore, Fangio et moi n'attendions personne. Nous nous regardâmes avec effroi. Qui pouvait bien venir ainsi troubler notre intimité ? Les invités étaient très rares, triés sur le volet bien en avance, pour que nous puissions ranger le capharnaüm de cet appartement.

— C'est qui ? chuchotai-je, comme si Aurore avait la réponse.

— Je ne sais pas, j'attends personne ! me répondit-elle. Le voisin ?

— Va voir s'il te plaît. Tu dis que je ne suis pas là.

On sonna de nouveau avec encore plus d'insistance. Fangio se mit à aboyer. Aurore alla ouvrir.

— Bonjour, vous êtes Mme Del Fabbro ?

— Non, elle s'est absentée. Vous êtes ?

— Maître Rouget, Huissier de justice. Vous lui transmettrez cette mise en demeure ?

J'écoutais, terrée derrière le mur de la salle de bains. Depuis combien de temps je n'avais pas fait mes comptes ? Je n'en savais rien. J'avais dépensé sans compter ces dernières semaines, j'avais mené la grande vie, acheté des dizaines d'habits dont certains avaient encore leur étiquette et gisaient juste à côté de moi, sur le lit. Je m'étais ruinée en taxis, parfums, lingerie. J'avais envoyé de l'argent à maman, acheté des fleurs pour l'appartement, payé l'électricité, le loyer, le vétérinaire pour Fangio. Je n'avais pas d'économies. Pas un centime. Rien qui me permettait de voir venir. J'avançais comme je l'avais toujours fait, sans filet. Un prodigieux numéro d'équilibriste virevoltant entre le dramatique et le sublime, où le public, retenant son souffle, vibre à chacun des pas de ce phénomène qui n'entre jamais dans le rang.

— Oui, bien sûr, je lui donnerai., répondit Aurore.

— Au revoir, mademoiselle.

Je sortis de la salle de bains et vis le sourire stressé d'Aurore.

— Il m'a fait peur ce con, j'ai cru qu'il venait pour moi ! me dit-elle, visiblement soulagée.

— Il était comment ? Il avait l'air gentil ?

— Bof. Un huissier quoi. Une tête d'huissier.

— Le pauvre. Ça doit pas être facile d'avoir une tête d'huissier.

Puis dans un silence, je m'assis sur le canapé.

Aurore et moi nous regardâmes, encore sous le choc.

— Il va venir répertorier nos meubles ? demanda-t-elle tout à coup. Enfin, je veux dire, la table basse dont il manque une roulette ou bien le buffet Ikea en acajou cassé ?

Je ris.

— La télé, tu crois ? Par contre, qu'il prenne la fourchette avec pour régler l'antenne, sinon il ne la revendra jamais. Et la télécommande ! J'oubliais, la télécommande ! Alors les touches 1, 5 et 7 ont été mangées par Fangio.

— Il aura qu'à regarder M6, rétorquai-je en riant.

— Sinon, nous avons un très beau modèle de passoire, année 2001, en bleu cobalt. Il s'est passé quoi ? Pourquoi elle est fondue d'un côté ?

— J'ai posé la poêle chaude dessus l'autre jour.

Nous rîmes si fort que nous en pleurâmes Aurore et moi. Je jetai le papier de maître Rouget sans même l'avoir ouvert et nous servis le café.

Grasse, mai 2003

rejdl@aol.com à jmcaizergues@wanadoo.fr< 20 mai 2003 : 14h02>

Bonjour Jean-Marie,

Comment vas-tu ?

Bien ? Mal ? Es-tu malade ? Ou bien, tu es peut-être mort ?

C'est vrai, je n'ai plus de nouvelles depuis plus d'un mois. Je t'ai envoyé plusieurs mails restés sans réponse. Non, je sais bien que ce n'est pas ça. Je crois que je suis devenue, encore une fois, bien trop encombrante dans ta vie. Je comprends, tu as déjà ta femme, ton jardinage et sans doute mille choses à faire depuis que tu es retraité.

Oublie-moi.

Je suis bête, c'est sans doute déjà fait…

Réjane

Paris, février 2015

Je pensais à tous ces hommes que j'avais rencontrés en si peu de temps. Quelques mois à peine. Il y avait Armand bien sûr, mais aussi Geoffray, Frédéric, Grégory, Thomas et certainement d'autres qui déjà n'occupaient plus mon esprit. Un midi de février, tandis que j'errais en compagnie de deux collègues aux Galeries Lafayette boulevard Haussmann, je fis la rencontre de l'un d'entre eux. J'aurais rêvé croiser Armand par hasard, un de ces jours où il ne daignait pas me donner de nouvelles. Je m'étais imaginé la scène cent fois. Lui, emmitouflé dans son grand pardessus marine, laissant échapper les boucles de ses cheveux se confondant dans son écharpe grise, tenant la main de sa petite fille dans la rue. Moi, dans un jour de grande beauté, en manteau rose, les cheveux brillants et l'eye-liner parfait. Il m'aurait présenté Joséphine et elle m'aurait adorée, aimée sans condition. Je l'aurais interprété comme un signe du destin, et lui, se rendant à l'évidence, n'aurait pas eu d'autre choix que celui d'en faire autant.

La scène se déroula tout autrement. Alors même que je traînais ma tristesse comme une valise à roulette sur une rue pavée, avec bruit et fracas, ne pouvant m'empêcher de pleurer à n'importe quel moment et avec n'importe qui, j'avais finalement décidé de suivre ces deux collègues avec lesquelles je n'avais pas plus d'affinité que celle de partager des instants de vie superficiels. Mais elles avaient décidé de m'emmener dans ces grands magasins car c'était bientôt la Saint-Valentin et qu'elles devaient acheter un cadeau pour espérer en avoir autant. C'est ainsi que je finis au rez-de-chaussée entre les chaussettes et les ceintures pour homme à noyer ma désolation, chassant du regard ces dizaines d'inconnus, qui auraient tous pu être Armand finalement. C'est alors que je découvris au détour d'un rayon un visage familier.

Un frisson me parcourut le corps, mon cœur bondit dans ma poitrine. J'avais chaud. Je souris. J'enlevai mon bonnet, cherchai un reflet pour passer la main dans mes cheveux et vérifier mon rouge à lèvres. J'ouvris mon manteau, replaçai mon sac sur mon épaule, passai discrètement la langue sur mes dents pour m'assurer de mon sourire.

Je l'avais vu de loin, à plus de dix mètres, devant les caisses, une cravate à la main. J'abandonnai mes deux collègues et pressai le pas, me mis presque à courir dans les rayons, poussant les gens pour aller le rencontrer de manière fortuite dans ce grand magasin parmi tous ces gens qui n'auraient jamais rien en commun.

Nous, nous avions eu cette soirée à Saint-Germain à « La Palette », où tu étais arrivé en Vespa rouge dans la chaleur de mai. Nous avions bu un, deux, trois verres de vin blanc, partagé une planche de fromage car j'avais un peu faim, tu m'avais montré tes photos du Brésil, j'avais fait semblant de trouver ça intéressant, tu avais annulé ton rendez-vous suivant, puis tu étais reparti vers Odéon, j'avais pris le métro à Sèvres-Babylone, et sur le quai de la ligne 12, entre les sièges blancs en plastique et le compteur aux minutes orange, tu m'avais envoyé un message. « Tu me manques déjà », et m'avais, par la magie de ces quatre mots, offert des heures d'euphorie.

Oui, bien sûr, bien sûr que je connaissais ce visage.

— Ludovic ?

— Oui ?

— Salut ! Ça va ?

— Bonjour…

— Ludovic, c'est bien ça hein ?

— Euh. Oui.

— 35 euros quatre-vingt-dix, monsieur, jeta la caissière en face de lui.

— Tu ne te souviens pas, on avait bu un verre, une fois, ensemble, à la Palette ?

Je me décomposai de secondes en secondes.

— Ah, si ! Oui, oui ça me revient… Euh…

— Réjane. Je m'appelle Réjane.

— Bien sûr, oui désolé. Ça va, Réjane ?

— Ça va, merci.

— Bon, ben je dois y aller. Bonne journée !

Et, d'un signe de la tête, il salua mes deux collègues qui m'avaient rejointe sans même que je ne m'en sois rendue compte.

De connivence dans cette situation plus que gênante, elles se lançaient regards moqueurs et rictus honteux.

— C'était qui Réjane, tu le connais ? me lança l'une d'elle.

— J'ai dû me tromper. Je me trompe souvent sur les gens tu sais…

Paris, juin 2014

La bouilloire remplie d'eau commença à ronronner. Je préparai soigneusement mon sachet de thé et j'avais mis mon téléphone en mode haut-parleur comme je le faisais toujours lors de mes innombrables conversations téléphoniques avec maman. Elle me racontait les derniers commérages de la paroisse, me citant un tas de noms que j'oubliais instantanément. Je répondais de manière succincte, par quelques onomatopées bien choisies, dont seule l'intonation témoignait de ma prétendue implication.

Sur la table basse, une boîte de biscuits entamée et une bouteille d'eau gazeuse éventée trônaient entre mes livres et mon ordinateur allumé. Des dizaines d'onglets étaient ouverts sur l'écran : un blog mode, trois sites de vente de vêtements en ligne, un forum vétérinaire, Doctissimo et une page Wikipedia sur Françoise Sagan.

Ma tasse de thé dans une main, maman dans l'autre, je me glissai jusque sur mon canapé, prête à errer sur Internet comme j'avais l'habitude de le faire, même sans m'en rendre compte, tant ce monde virtuel faisait partie de ma réalité.

J'ouvris une nouvelle page. Google s'afficha en lettres multicolores sur ce fond immaculé. Et poussée par une envie nouvelle, je tapai timidement, puis frénétiquement sur les touches de mon clavier les premières lettres du nom de mon père. Ce nom si étranger qui ne m'avait jamais appartenu. Ce nom dont je n'avais plus eu de nouvelles depuis le dernier mail qu'il m'avait écrit dix ans auparavant.

Le nom au complet s'affichait désormais. Une adrénaline malsaine s'était invitée dans mes pensées. Internet était le lieu de tous les possibles, je le savais depuis toutes ces années à chercher, rechercher, rencontrer, se tromper. Soudain, c'était devenu irrépressible. Mécaniquement, je portai mon thé brulant jusqu'à mes lèvres entrouvertes et appuyai avec violence sur la touche « entrer ».

Des dizaines de résultats s'affichèrent, mais l'un d'entre eux attira mon attention.

Je me sentis enveloppée d'un drap blanc, le visage recouvert dans un espace si grand que l'on ne peut rien saisir. Une pièce sans début ni fin, sans sol ni plafond, sans branche pour vous raccrocher. Dans cette asphyxie du vide, une lame tranchante vint inciser ma poitrine et trancher mon âme à tout jamais.

Ma tasse se brisa sur le parquet. L'eau encore frémissante vint se répandre sur la table et se mit à dégouliner sur le tas de lettres que je n'avais jamais osé lui envoyer.

— Allô ?

— Allô ? Réjane ?

— Réjane, qu'est-ce qu'il se passe ? Ça va ? Réponds, bon sang !

— Il est mort.

— Quoi ? Qui ? De quoi tu parles ?

— Il est mort, je te dis !

— Mais qui enfin !

— Mon père.

C'était là, sous mes yeux, sur mon écran.

Il était mort deux mois auparavant. Personne ne m'avait tenue informée.

Sa femme, ses enfants, petits-enfants et arrière-petits-enfants avaient la douleur de faire part du décès de M. Caizergues survenu le 3 avril 2014, dans sa quatre-vingt-unième année. Les obsèques auraient lieu le jeudi suivant le décès, à 16 h 30, au cimetière de Foissac.

La famille donnait rendez-vous au cimetière et remerciait toutes les personnes qui lui avaient témoigné leur sympathie et leur soutien dans cette épreuve. Elle remerciait pour leur attention et leurs soins, la direction de l'hôpital d'Uzès, le docteur et l'équipe soignante de la maison de retraite « Les Jardins de l'Escalette ».

Paris, avril 2015

T*inder. Adopte un mec. Meetic. Mektoub. Edarling, Celibaparis. Attractive World. HugParis. Elite rencontre. EasyFlirt. Disons Demain. Le parfait Gentlemen.*

Un homme. Entre vingt-huit et trente-cinq ans. Paris ou proche banlieue. Tu travailles, tu as un appartement propre et rangé, sous les toits ou en rez-de-chaussée, tu adores découvrir de nouveaux restaurants, tu cuisines parfois pour ta famille – la famille pour toi c'est important. Tu aimes être élégant. Tu lis, tu vas à l'opéra. Tu as des failles. Tu comprends les autres. Tu aimes les animaux. Tu as voyagé mais pas trop. Il te reste tant de choses à découvrir. Tu es médecin, avocat, banquier, ébéniste. Tu es passionné. Tu as encore plein de CD sur l'étagère de ton salon car c'est sentimental. Ton frigo est vide. Tu aimes la musique. Tu as fait sept ans de piano, mais tu as presque tout oublié. Tu sors le soir avec tes copains. Tu aimes Radiohead et les Beatles. Tu as encadré une vieille affiche parisienne et une lithographie d'Andy Warhol que tu as trouvée chez *Ikea*. Tu l'avais choisie avec ton ex un dimanche de novembre, Porte d'Ivry. Tu étais heureux à l'époque. Bien sûr tu ne le savais pas, comme à chaque fois qu'on est vraiment heureux. Une fille t'a brisé le cœur il y a quelque temps. Non. Ça voudrait dire que tu l'aimes encore et que je ne serais qu'un pansement pour toi. Un plâtre qu'il faut changer toutes les trois semaines.

Un plâtre. Mais c'était peut-être ça finalement. Mais oui. Oui bien sûr. Un plâtre, un pansement. « Mercurochrome, le pansement des héros » J'entends la voix de l'enfant qui répétait ce slogan quatre fois d'affilée à la télé. Voilà ce que j'étais, ce que je cherchais. C'était triste au fond, toutes ces plaies que nous ne réussissions jamais à panser.

Tu m'as cherchée. Tu m'as attendue depuis des années. Tu me verras et ça sera l'évidence, tu ne voudras plus me quitter. Chaque seconde sans moi sera un décompte pour enfin me retrouver. Tu auras des projets. Tu voudras t'installer. M'aimer. Oui m'aimer. Moi. Tu croiras que c'est possible. Tu voudras me toucher, me faire l'amour sans cesse. Me prendre dans tes bras, partir en vacances, louer une voiture, on s'arrêtera sur les aires d'autoroutes, celles-là mêmes qui sentent la friture à outrance et les steaks hachés striés dans de grosses assiettes blanches à l'intérieur desquelles il y a marqué « cafétéria » en rouge sur la bordure. Tu me feras découvrir tes chansons préférées, me présenteras à tes parents. Tu me raconteras tes souvenirs d'enfance. On se disputera. Je pleurerai. On s'excusera. On recommencera. Cent fois. On adoptera un autre chien. Je t'offrirai un pull irlandais pour Noël. Tu m'achèteras une robe à pois. On décorera notre chez nous. Je te ferai un tiramisu. Je le réussis très bien tu verras. Mes amis seront les tiens. Tu rencontreras Caroline, Christophe, Aurore, Rémy bien sûr. Tu n'auras même plus besoin de me demander leurs numéros pour les appeler d'ailleurs. Vous irez courir ensemble. Tu iras acheter du vin.

Ça sera bien. Vraiment ça sera bien.

Très bien, *Bérenger1986*. Midi vingt-cinq, rue Richer, demain.

J'ai hâte.

Paris, août 2015

Les martinets noirs sont l'été. J'aimerais les écouter toujours.

Il se passera des mois sans que personne ne les entende, puis un soir, alors même que rien ne préparait un retour dans le passé, la fenêtre ouverte laissera échapper leurs cris. Ce sont eux que j'entendais les soirs d'été 1995, 1996, 1997. Je les revois danser comme une pluie d'étoiles noires dans ce ciel rosé. Assise sur le rebord de la fenêtre, maman avait ouvert les volets pour laisser entrer le frais.

Ces volets en bois typiques de la Provence, dont la peinture, brûlée par le soleil, s'effrite peu à peu. Les yeux levés vers le ciel, je regardais leur ballet incessant chaque soir de cet été sans fin, où chaque jour n'était qu'un éternel recommencement. C'était les glaces dans le frigo, les abricots mûrs dans le plat du salon, la vie des voisins, la télé allumée et la table en acajou pas encore débarrassée.

J'aimais ces soirs d'été car cette fenêtre, sur la rue Amiral-de-Grasse si passante, laissait tout à coup entrer la vie qui parfois venait à nous manquer.

Il y a quelques jours, dans la cour du 317, j'ai recueilli un oisillon. Sûrement trop audacieux, il était tombé du nid construit près de ma fenêtre du cinquième étage. J'ai d'abord cru qu'il était mort puis, lorsque je me suis approchée sous cette chaleur caniculaire du mois d'août, j'ai vu qu'il bougeait encore.

J'avais peur qu'il ne soit cabossé, mais après quelques jours de soins seulement, il se mit à tourner sans cesse dans la petite boîte en carton que je lui avais confectionnée.

Je n'avais plus envie de le laisser repartir. C'est vrai, il aurait peut-être pu rester avec Fangio, Aurore et moi, mais j'entendais les griffes rayer le carton et les coups de bec tenter de transpercer cette prison de papier.

Je pris délicatement l'oiseau dans mes mains, craignant de lui briser les ailes, me suis approchée de la fenêtre déjà grande ouverte dans ce mois d'août vide de parisiens, et j'ai attendu.

Plus haut dans le ciel, ses frères criaient leur liberté, j'étais tentée de faire comme eux. J'avais envie moi aussi d'hurler sans trop savoir pourquoi.

Timidement, il se mit à bouger ses ailes, avança ses griffes et dans un mouvement de grâce ultime prit son envol pour les rejoindre. C'était un martinet.

Alors, j'eus soudain cinq, sept, neuf ans. J'étais à Grasse, à Paris, avec maman, Armand et tous les autres. Peu importe le temps, l'endroit, les âges, la vie et la mort, les martinets noirs vivront encore. Ils sont l'éternité, ceux de Grasse que petite, j'écoutais.

Achevé d'imprimer en France par Dupli-Print à Domont (95) en août 2019
Dépôt légal 1re publication août 2019
11.2383.1 – EAN 978-2-01-710975-4
N° d'impression : 2019072848